LOS TI

Mauricio Gordon

LOS TRANVÍAS TRISTES

CUENTOS

La ilustración de portada reproduce un cuadro del pintor Salvador Mellino.

Salvador Mellino nació en Buenos Aires en 1944, desde muy joven comenzó con su pasión por la pintura. Estimulado por su gran amigo y compañero de estudios, Hector Jiufre, gran pintor ya desaparecido en los Estados Unidos, asistió regularmente a la peña de la Vuelta de Rocha, en la Boca donde se reunían en el bar frente a la entrada de Caminito para discutir los trabajos realizados durante el día. Gran ambiente de aprendizaje e inspiración. Todavía vivía Quinquela… aunque sin su presencia su cercanía era un estímulo. En Buenos Aires tuvo la guía del artista y pintor Chiavetti y del amigo y colega de trabajo Juan Pérez Carmona, escritor y pintor - Premio Nacional de las Artes.

Movido por su profesión se trasladó con su familia a los Estados Unidos de América, Italia- Milán y Florencia y finalmente a UK- Londres donde reside. En cada uno de esos lugares encontró motivos para continuar con su pintura.

*A la memoria de Iheuda Elraz,
amigo, maestro de generaciones, sabio.
El último de los justos que pisó esta tierra.
Seguimos hablando diariamente.
Como nunca superé la muerte de mi padre,
nunca superaré la tuya,
Iheuda de mi corazón.*

Como siempre, para Ana

LOS TRANVÍAS TRISTES

De día repartía leche, de noche vino

A Salvador Mellino

*Hice lo imposible para estar a la
altura de tu pintura.
No sé si lo conseguí.*

Yo había bautizado por mi propia cuenta aquella pintura de mi amigo Salvador, aquella que me había mostrado una tarde, esos tranvías que llevaban a unos judíos a la estación de Santa María Novella de Florencia, desde donde todos serían subidos al tren de la muerte para asesinarlos sin piedad en Auschwitz. Por el solo hecho de haber nacido judíos. Cada uno expresa su dolor de distinta manera, y mi amigo Salvador lo expresaba a través de sus tranvías, esos solitarios tranvías que expresaban el dolor de la incomprensión. Esos tranvías que yo había bautizado, para mí mismo, como *Los Tranvías Tristes*.

Hace algunos años, conocí a Salvador por culpa de nuestras mujeres.

Ellas pertenecían a un grupo de lectura de escritores argentinos y los dos habíamos empezado a ir un poco arrastrados por ellas. Como siempre pasa, hablábamos al principio de salud, de los hijos. Salvador había sido destinado por su compañía a Londres, por su experiencia profesional como economista especializado en inflación, para aplicar las experiencias de su país natal en el fondo del continente sudamericano. Nosotros habíamos llegado mucho antes, cuando entre las desesperanzas de la vida argentina mi mujer decidió que debíamos buscar la forma de que los niños tuvieran un país y una educación en libertad. Algunas de las muchas razones por las que uno llega a Londres.

Salvador y yo comenzamos de a poco a intimar en los momentos de recreo de las discusiones literarias. Alguna, también, de las muchas razones por las que uno hace amigos en la vida.

Cuando era un pibe, en mi barrio porteño los amigos jugábamos a las bolitas y a la tapada con las figuritas. Conservaba mis adoradas bolitas en una vieja media remendada que había perdido su compañera. Cuando abría la media, se producía el Big-Bang de colores que me ponían bizco. Las figuritas eran de distintos tipos, nosotros juntábamos las de futbolistas. Jugábamos a los gritos. El juego consistía en tapar una de las figuritas que estaban en el suelo. El que lo conseguía, se llevaba las dos. Nuestro lugar preferido era la pared de la casa del zapatero, que había puesto mármol negro con ojitos plateados y la superficie era tan lisa que las figuritas resbalaban mansamente cumpliendo las leyes físicas. Allí aprendimos qué significaba ganar más, y sin darnos cuenta aprendimos qué es el capitalismo. Las figuritas eran nuestra moneda y nos convertíamos en capitalistas que solo querían tener más.

Todos nosotros teníamos seudónimos. A mí me decían el Ruso porque era judío. Nene, el Gordo, pese a que era gordo no era fofo sino fuerte, y era quien nos defendía contra los ataques clandestinos de los pibes de la calle Charcas. Huesito era Héctor, el hijo de Hueso, un señor tan flaco que parecía un esqueleto. Él fue el que nos dio por primera vez alcohol para tomar, cuando debíamos todavía tomar Coca-Cola. El otro pibe de la barra era el Tano, como llamábamos a los descendientes de italianos.

Luego vinieron los amigos de la escuela primaria. Mi mejor amigo era Quique, que duró una vida en la cercanía, y la carta esporádica en la distancia.

En la secundaria no había tenido muchos amigos. Y luego, en la Universidad, no solo nos dedicamos a estudiar sino que participábamos en las luchas estudiantiles de ese momento, que era la educación religiosa contra la laica. Allí se despertaron nuestros deseos de ser heroicos guerrilleros por la verdad y la justicia. Y también era el tiempo en el cual nos enamorábamos perdidamente de la primera chica que aceptaba nuestra invitación a ver una película o después de una porción de pizza, ir juntos al teatro, las dos carátulas o la conferencia de algún político socialista.

Y luego había llegado el destierro. Nuevos países. Me iba asentando con temporarias amistades. Había conocido entonces a dos grandes amigos. Uno era un cockney judío de lengua mordiente y frases divertidas y, sin saberlo él, profundas, que salían con asiduidad de su rápido hablar. Se llamaba Sammy y tenía una pequeña tienda de ropa al por mayor, en el llamado West End de Londres. Me apasionaba sentarme en una de sus destartaladas sillas, en un rincón del pequeño local, y escucharlo discutir los precios de los vestidos, la lucha por el pound que mantenía en el negocio textil.

Se me irían cien páginas contando historias de su clientela. Uno de los compradores era un buen mozo, ex-convicto, con tres amantes calculadamente distanciadas a 150 millas una de la otra; más una infantil que lo acompañaba en su camioneta azul metálica. Su verdadero negocio era la venta a 10 libras de billetes falsos de 50 libras. Fumaba con parsimonia y contaba historias de la cárcel y de sus aventuras como ladrón nocturno.

Cuando Sammy se retiró del negocio, seguimos encontrándonos quincenalmente a almorzar en algún restaurant turco de Islington, donde él vivía. Cuando su corazón lo dejó encerrado en su departamento, yo lo visitaba con las viandas que le cocinaba mi mujer y para él era una fiesta gastronómica.

Paralelamente me había hecho amigo de John, un físico inglés. Fue a través de un aviso en el Instituto Cervantes que proponía intercambio de ingles por español. Así nació ese tipo de amistad madura de dos personas de diferente origen: él de origen galés, el primero de su familia en ir a la Universidad y obtener un título; yo, hijo de inmigrantes en la Argentina, que también había sido el primero en la familia en ir a la Universidad. John era un enamorado de la igualdad entre los seres humanos. Viajaba a los lugares más exóticos del mundo, apasionado por la revolución nicaragüense que derrocó a la dictadura somozista.

Era amigo de Ernesto Cardenal, el solitario de Solentiname; y también del sin igual Comandante Cero. En uno de sus viajes, conoció a una mujer londinense de la cual se enamoró perdidamente, y que fue el amor de su vida hasta la noche en que se durmió para siempre. John luchó desesperadamente para mejorar mi inglés, pero perdió la batalla. "Mira", me dijo un día, "todos entienden tu horrible y tarzanesco inglés, nunca vas a hablar correctamente. Olvídate, no pierdas más tiempo". En la reunión siguiente le planteé si quería traducir al inglés mis obras de teatro. Le pareció correcto, y de allí en adelante fue traduciendo lo que yo escribía. Nos encontrábamos todas las semanas, él se apasionaba por mis historias de judío argentino y yo por sus descripciones de los cambios históricos del Reino Unido.

En cuestión de un año, Sammy y John me habían abandonado.

Poco tiempo después había conocido a Salvador, y más adelante él me mostró sus pinturas y así fue cómo me enamoré de ese cuadro de los tranvías, el que yo había bautizado *Los Tranvías Tristes*.

El mismo que colgaba en una de las paredes de su casa, aquella tarde que él y su mujer nos invitaron a cenar y Salvador nos agasajó con una pizza napolitana hecha por sus manos, acompañada por un vino que no sé por qué se subía rápidamente a la cabeza. En ese momento comenzaron las confidencias y se saltaron las lenguas y Salvador, que supo siempre por mi pasión por sus pinturas, decidió contarnos el origen de esa pintura que yo llamaba *Los Tranvías Tristes*.

Salvador había vivido en Florencia hasta los 12 años, hasta que después de la guerra sus padres emigraron a la Argentina buscando un nuevo porvenir. Pero el destino y nuevas circunstancias harían que volviera a vivir en aquella ciudad italiana. Una mañana gris había salido a caminar y sus pasos lo encaminaron derecho a la estación Santa Maria Novella. Allí, una placa lo llevó repentinamente a su niñez: todo empezó a pasar rápidamente por su mente, las bolitas, las figuritas y su amigo Mario, vecino y compinche de sus aventuras. Y entonces recordó que otra mañana gris como esa, sentado en el cordón de la vereda, había visto a Mario arrastrado por la locura al tranvía que lo llevaría a la parada de Santa Maria Novella, donde comenzaría la vía dolorosa de su amigo y toda su familia.

En aquella época, él no podía saber por qué Mario lo había abandonado. Lo comprendió recién años después. La imagen del tranvía que le arrebataba a su amigo, sin embargo, había quedado fija en su vista, su memoria y más que nada en su corazón. "Una larga memoria, querido Mario", terminó diciendo Salvador tomando su vino en honor de su amigo.

—Lo empujaron a subir al tranvía —dijo entonces, después de un largo silencio que lo alentó a compartir con nosotros un recuerdo que quién sabe desde cuándo no compartía más que consigo mismo. —Yo estaba sentado en el cordón de la vereda y no sabía qué hacer. Entonces levanté mi mano. No sé por qué. ¿Quizá quería que sepa que yo estaba allí para despedirme? Siempre me reproché que no salí a luchar contra el animal que lo empujaba. ¿Fue cobardía? ¿Incomprensión? Si él sentía dolor, yo también. Al final, el tranvía se fue con Mario y tantos otros. Desde ese mismo día comencé a dibujar en bosquejos el tranvía que me robó a mi amigo. A veces las lágrimas caían sobre esas páginas, rellenas de tranvías.

Salvador se levantó y bajó el cuadro. Lo dio vuelta y nos dio a leer lo que él mismo había escrito:

"El 9/11/1943 desde la estación principal de Florencia Santa Maria Novella, dos trenes con 300 judíos (entre ellos mi amigo

Mario) salieron hacia Auschwitz. 107 fueron eliminados apenas llegaron, el resto encontró la muerte en el campo".

—Solo quince regresaron —creyó necesario aclararnos Salvador —Y ninguno de ellos era mi amigo Mario.

EL CONDE

De día tocaba el piano, de noche el trombón

Tenía la presencia de un Conde. Eso era lo que mi imaginación me decía, porque yo nunca en mi existencia había visto a un Conde. Vestía un viejo traje negro, una camisa blanca que vio tiempos mejores y un corbatín blanco con puntos azules. Sus zapatos también muy gastados brillaban por el esfuerzo mañanero de su dueño: le tomaba unos 15 minutos de su preciosa vida lustrarlos.

Como casi todas las mañanas, yo había bajado del departamento de mi hija en uno de los edificios que rodean la Walter Benjamín Platz, usando el ascensor, contraviniendo los consejos para personas y perros de utilizar las escaleras para darle uso a las cansadas piernas de mi vejez. Mi hija no tenía perros, por lo tanto no tenía complejo de culpa por maltratar a un animal. Yo solía bajar y sentarme en una silla que proveía un kiosco que vendía helados y café. Aprovechaba el sol y la lectura. A veces bajaba con mis dos nietos, que andaban en bicicleta con otros niños en la plaza, donde una fuente de agua vertía agua musicalmente. De nuevo desobedeciendo órdenes, corrompiéndolos, les compraba a los niños todos los helados que ellos adoraban, prohibidos por su cantidad descomunal de azúcar y placer; y en invierno mis pecados contra las reglas establecidas alcanzaban el tope: les compraba facturas con un gran contenido de azúcar que los haría adictos de por vida.

Aquella mañana, como dicen los cuentos para niños que son de adultos y realmente no son para nadie, estaba leyendo el último libro de Stefan Zweig cuando una sombra me cubrió y un señor con una silla en la mano me preguntó —creí entender que en un alemán sumamente *high class*— si podía sentarse a mi lado, debido a que el sol apenas se posaba sobre la pequeña superficie de mi espacio. Le contesté en mi inglés con mi inconfundible acento argentino *Be my guest*, y puse mi libro sobre las rodillas. Hicimos amistad. Desde ese momento lo llamé interiormente "el Conde".

Mi padre llegó a la Argentina solo, sin familia. No dejó familia en Europa, solo cenizas de ellos que desaparecieron en el aire. En un viaje final sin ilusiones, sin esperanzas, sin el idioma, sin amigos, sin trabajo, con 2 pesos en el bolsillo. Se acomodó como pudo y buscó a otros judíos para entenderse en *idish*. Gracias a ello consiguió un trabajo en una fábrica de metales, con largos horarios y baja paga, llena de obreros judíos polacos y polacos gentiles. Como él hablaba los dos idiomas, por lo menos podía comunicarse con sus pares.

Su salario alcanzaba para pagar la pieza en una pensión de la calle Antezana en el barrio de Villa Crespo. También alcanzaba para pagar la cantina diaria, un sobrante para ir al cine una vez por semana y unos "gruchuns" para ahorrar debajo del colchón.

Nunca comentó con nadie donde estuvo durante la guerra. Aunque a nadie le interesaba, cada uno tenía su historia, ninguna buena. Hizo amistades con quienes jugaba el dominó; era un buen jugador, lo ayudaba su buena memoria. Era, junto con el cine y alguna vez el teatro, su descanso físico y mental.

Conoció a mi madre, que vivía desde niña en la Argentina aunque también había venido de Polonia, de una ciudad llena de vida como era Varsovia en los 1920. Se conocieron en la casa de Motl, donde solían reunirse para jugar dominó, donde ella iba regularmente porque él era su tío materno. Mi padre solía echarle miradas a esa joven morena, mediterránea, de pelo crespo, baja estatura y risa fácil. Fueron primero al cine, luego al teatro. Más adelante a comer en "su" cantina. Su familia aceptó a mi padre con naturalidad.

Como siguiendo una secuencia de hechos y actos, se casaron en el civil y en la sinagoga al otro día. Asistió solo la pequeña familia de mi madre, nadie por el lado de mi padre. Muchos años después él me contó que se encerró en el baño después de la *jupá* y lloró pensando en la familia que no tenía; ni padres, ni hermanos, ni tíos, ni primos.

El viento de locura colectiva de una nación lo había dejado en la soledad absoluta; pero antes lo hizo sufrir el sufrimiento de la crueldad absoluta. Esto mi padre se lo contó a mi madre, para que ella entendiera su tristeza. Pero nadie puede asumir el dolor de otro ser, aunque ella hizo lo imposible para internalizarlo. Se lo contó todo en una tarde de domingo, en otoño. Para acompañar su dolor y su necesidad de compartir la carga que él llevaba, esa tarde mi madre escuchó por primera y única vez en su matrimonio los horrores a los que puede sobrevivir un ser humano.

Era el recuerdo de algo que había ocurrido en la guerra, mientras él había sido confinado en un campo de concentración, y también mi padre lo compartió más adelante conmigo. En otro día otoñal bronceado, donde nacen las confidencias, mi padre me contó que entre las barracas de los judíos y las de los gitanos había un pequeño territorio de nadie, en donde él solía jugar con unos mellizos gitanos. Entre los tres compartían el pedazo de pan que podían conseguir, tomaban el agua rancia con una fermentada y pasada verdura. Inventaban juegos con pequeñas piedras que encontraban en esa tierra de nadie. Ninguno de los tres deseaba otra compañía para sus juegos.

Una mañana los mellizos no aparecieron. Los buscó en sus barracas arriesgándose. Alguien con quien pudo entenderse le dijo que a los mellizos los habían llevado al Laboratorio. Allí recibieron el dulce de aquel personaje al que llamaban "el Tío" como bienvenida; pero lo que les esperaba era el dolor, la incomprensión y la muerte.

Era un día como todos los días, en ese laboratorio de búsqueda de nuevos horrores con el pretexto de la investigación científica. El médico jefe era conocido como "el Tío", y solía dar golosinas a los enanos, mellizos y niños, para endulzar un poco su vida antes de pasar a la cueva de los horrores. La mayoría eran judíos, otros eran gitanos y algunos polacos. Esa mañana, un par de gemelos gitanos serían los que sufrirían su desbocada y degenerada imaginación. Habían decidido unir a los gemelos cosiéndolos por la espalda, tratando de unir venas, nervios y carne sin piedad. Después se los devolvieron a la madre en las barracas gitanas. Los gritos y llantos de los gemelos envolvían a todos, y el dolor de ellos se contagió a toda la barraca. Alguien consiguió morfina, que dio la madre para que termine con el dolor de los gemelos. Se fueron como tantos millones de niños, solo dejando su largo dolor.

Lo que parecía un hospital de ayuda a los niños, realmente era un lugar donde se practicaban los más increíbles y horrendos experimentos que ninguna mente humana podía imaginar, supuestamente en la búsqueda de crear una sociedad de seres perfectos según los cánones inventados por un grupo de anormales mentales con títulos médicos y biólogos desesperados. Esa idea llevó la guerra a un nivel jamás conocido en la historia de la humanidad y costó 80 millones de vidas.

Después de hablar durante un rato, el Conde me invitó a su pequeño apartamento. Allí vi una foto del Conde, joven y arrogante, vistiendo el uniforme de las SS y encima un guardapolvo el cual con esfuerzo se podía leer en su identificación: profesor doctor Miller. Hablamos de naderías. Mi corazón latía acelerado. Era un descubrimiento sorprendente y doloroso: ese aristócrata fino y educado había pertenecido a ese grupo, o seguía perteneciendo a esos seres vacíos por dentro, sin alma ni sentimientos. No sabía cómo encarar el tema, pero con calma fui jugando el papel de un argentino admirador del viejo orden nazi. Mi lógica me decía que este viejo más viejo que yo, por el ajedrez del destino había sido un médico en Auschwitz. Entonces recordé que mi padre siempre me decía que nunca habría matado a nadie porque no estaba en su naturaleza, pero tal vez sería capaz de hacerlo si estuviera frente a aquellos y hubiera vengado a sus dos amigos. Mi padre ya no estaba, por lo tanto me tocaba a mí vengarlos.

Al día siguiente, me despedí de mi hija con un beso. Dije adiós a mis nietos con cariños y besos. Ya sabía que no los volvería a ver.

Llegué al departamento del Conde. Apenas despertó del somnífero que puse en su vino, lo cosí sin aprehensión, sin anestesia, a las sábanas de su cama. Gritaba y lloraba. Me senté. Solo esperé.

No sentí nada. Como él en el Laboratorio.

EL CUADERNO FORRADO CON PAPEL ARAÑA

De día era político, de noche era un cabrón

Soy el Ruso. Soy de Palermo, pero no siciliano, del Palermo de Buenos Aires.

En esa pequeña república donde viví, jugué a las bolitas, jugué al fútbol.

Allí pasé mi niñez y mi adolescencia, tuve mi primer beso, pasé por la primaria, pasé por la secundaria.

Allí leí mis primeros libros y el kamasutra a las escondidas. Conocí todas sus calles, todos sus vericuetos.

Allí fui al hipódromo por primera vez y última vez, nos llevó el Colorado Cogut y nuestro caballo todavía sigue corriendo.

Allí nos subíamos al ciervo de los bosques de Palermo. Desde allí íbamos a la Costanera a tomar sol y comer chorizos.

Allí tuve la primera novia. Allí tuve mi primera relación carnal, en el amueblado de la calle Oro donde se podía entrar caminando.

Allí nacieron mis sueños juveniles. Allí escribí mis primeros poemas y cuentos en un cuaderno forrado de papel araña azul, donde también puse mis pensamientos y mis sueños.

Allí fui el Ruso sin sentir que era un insulto. Allí mis amigos fueron el Cabecita, el Turco, el Tano, el Gallego. Y nadie se sentía insultado.

Allí también descubrí que el Cabecita Carlitos tenía dos abuelos y dos abuelas que vivían en Corrientes, *porá*. El Tano Loncini tenía dos nonas y dos nonos que lo llenaban de regalos y cariño. El Alemán Roberto tenía una Oma y un Opa. El Turco José, que en realidad era hijo de armenios, no tenía abuelos porque los turcos los asesinaron.

El Ruso, que era yo -sin ser ruso sino judío de padres polacos- no tenía ni *zeide* ni *babes*, y no sabía por qué. Cuando le preguntaba a mis padres no me respondían, solo dejaban caer sobre mí un dejo de tristeza. Mi padre murmuraba "cosas de la vida".

Desde pequeño mi padre me enseñó a nadar en las piletas de la Costanera. Más tarde me anotaron a un club judío llamado Macabi, donde aprendí más metódicamente distintos estilos. Me dediqué a los 100 m de estilo libre y comencé a competir. Comencé de entrada a subir al podio, porque siempre terminaba entre los tres primeros. En la secundaria sobresalí representando a mi colegio. Medallas y copas se acumulaban en una vitrina que era el orgullo de mis padres y mi vergüenza cuando la mostraban a los conocidos que venían a veces a cenar a casa.

En nuestra familia y las de otros amigos judíos de mi padre, no tener familia cercana sino solo algunas fotos marchitas, era algo común y un tema del que nunca se hablaba. Solo se prendían las velas en el Iortzait. Mi madre en su rutina semanal lustraba la copas y candelabros de Shabat y mis copas ganadas en la natación.

Hasta que empecé a ir a un grupo de la Shomer Hatzair, que era un movimiento de izquierda que fomentaba la idea de volver a la tierra ancestral de Israel y volver a trabajar la tierra con otra gente en algunas colonias colectivas llamadas kibutz. Fue allí que comprendí por qué no tenía abuelos, ni tíos, ni primos, porque habían sido asesinados por los nazis.

Mientras tanto, yo vivía en dos mundos diferentes: el de los amigos de la calle Fitzroy, y el de los de la secundaria, Maccabi y Shomer. Y aquel cuaderno forrado con papel araña, había comenzado a ser el compañero silencioso en el que confiadamente volcaba todas mis inquietudes y mis preguntas. Y también mis fantasías.

En ese tiempo, el secuestro del criminal nazi Adolf Eichman despertó en mi interior un sentimiento que parecía más bien ser mi propia novela. Iría Israel y trabajaría para el servicio secreto. Mi novela imaginaria me llevaba a convertirme en un vengador contra los asesinos nazis, aquellos que me había dejado sin familia, sin abuelos. Y poco a poco, de novela imaginaria ese sentimiento se fue adueñando de mi propia realidad. Quería venganza. Con el caso de Eichman, había quedado claro que Buenos Aires estaba lleno de nazis escondidos para eludir la justicia que el mundo había decretado contra sus atrocidades. Yo iba a ayudar a encontrarlos y a hacer justicia.

Empezaría por lo que tenía más cerca. Iba a averiguar quién era el Opa Muller, el abuelo de mi amigo Roberto el Alemán. Tenía la secreta intuición de que era un nazi, como lo habían sido todos los alemanes. Seguro que había asesinado judíos. Debería encontrar la manera de descubrir qué había hecho el Opa Muller durante la guerra. En mis pesadillas supuse que el abuelo de mi amigo Roberto había colaborado para asesinar a mi familia y pensé que debía vengarlos. Cuando lo comprobara, haría justicia.

Sabía que el viejo Muller salía todos los días en compañía de su perro llamado Pirata, desde donde vivía en la calle Santa Fe, cerca de las vías del ferrocarril al lado de los bosques de Palermo, y luego caminaban alrededor del lago. Fuí estudiando sus hábitos y traté a través de Roberto de averiguar qué había hecho su abuelo durante la guerra. Roberto levantaba los hombros y respondía indiferente "qué carajo sé yo, él nunca habla de su vida en Alemania". Y ahí terminaba la conversación.

Un día Roberto y yo fuimos designados en el colegio para hacer una presentación acerca de la Revolución de Mayo. Roberto me invitó a su departamento, donde convivían con sus abuelos. Pensé que eso quizá me ayudaría a descubrir quién era Muller, quién era verdaderamente el hombre que Roberto llamaba Opa.

La presentación estaba saliendo bien. La familia de Roberto me invitó al atardecer a sentarme con ellos a tomar *eize chocolat* y comer *strudel*. Por un rato olvidé mi misión y disfruté de la merienda. A diferencia de otros padres y abuelos, esta gente no me hostigaba con preguntas sobre mi familia. Nada delataba algún pasado nazi.

Pero otra tarde, hubo un momento en que Roberto salió del departamento a la portería, para resolver un encargo de su abuelo y me quedé solo. Sin pensarlo demasiado, comencé a ojear un álbum de fotos que estaba sobre una mesa ratona. Allí había fotos de todo tipo, y casi al final una foto de un hombre joven de buen porte en uniforme del ejército alemán. Sobresalía a su lado una mujer joven que parecía ser su esposa, aunque en realidad era su hermana. Eso confirmó mis ideas.

Desde el momento en que descubrí su foto con el uniforme del ejército alemán, traté de leer historias sobre el Holocausto, traté de deducir dónde encajaba la historia de Muller. Cada vez descubría algo nuevo en mis lecturas.

En una tarde entre el otoño y la primavera, insulsa y aburrida, estaba en un banco tratando de concentrarme en mis tareas, cuando desde la cercanía del lago escuché gritos de alguien que pedía ayuda. Descubrí que Müller, intentando recuperar la pelota con la que jugaba con su perro, había caído en alguna inesperada fosa profunda, invisible por el agua del lago, y no podía salir por sus propios medios. El perro ¡lo juro! lloraba en la orilla dando vueltas enloquecido porque no sabía cómo ayudar a su amo.

No lo pensé más y me largué hacia el lago. Yo había aprendido salvataje en mis clases de natación. Pero cuando estaba a punto de llegar hasta el sitio donde Müller parecía empezar a hundirse sin remedio, fue que en pocos segundos otras ideas se arremolinaron en mi cerebro. Allí estaba la oportunidad para mi venganza. El hombre estaba asustado, se apoyó en mí pensando que lo salvaría, y en ese momento se me cruzó de nuevo el deseo de venganza y de dejarlo morir. Pero al fin, mi sentimiento de humanidad pudo más que aquellos tétricos pensamientos. Cumpliendo con las normas que me enseñaron lo llevé hasta la seguridad de la orilla, a terreno seco. Su perro lo recibió con lamidas y besos en la cara, con el movimiento incontenible y feliz de su cola, que expresaba alivio y cariño.

Müller murmuró solo una palabra: "gracias". Sin siquiera saber por qué lo hacía, le respondí: "no lo hice por usted".

Me miró con una mirada sorprendida y leí la incomprensión en sus ojos.

En ese momento vi que alguien sacaba una foto de la situación. Alguien se acercó a hablar con el viejo. Otras personas aplaudían. Me levanté y me fui caminando, con un sentimiento contradictorio: satisfacción por haber salvado la vida a alguien, pero al mismo tiempo furioso conmigo mismo por no haber ejecutado la venganza que siempre había previsto.

A los pocos días en el diario Clarín apareció un artículo que describía lo que había ocurrido en el lago, ilustrado con una foto. La casualidad había hecho que un fotógrafo del diario pasara por allí. La foto mostraba con claridad a Müller, y a mí terminando de salvarlo de una muerte segura.

El artículo decía:

"Un señor mayor de origen alemán salvó su vida en el lago de Palermo, gracias a la valiente actitud de un joven que se hallaba en ese momento en el lugar. El hombre mayor cayó a una zona profunda del lago cuando trataba de recuperar la pelota de su perro, y aunque sabía nadar debido a su edad tuvo un calambre y comenzó a sumergirse. Mientras tanto el perro consiguió llegar a la orilla y comenzó a ladrar desesperadamente para salvar a su dueño. Cuando parecía todo perdido un joven que observaba desde la orilla se sumergió en el lago, agarró el señor mayor y lo trajo a la orilla. El joven recibió un aplauso de la gente que observaba el hecho sin haber intervenido. En las cercanías se encontraba casualmente un fotógrafo de nuestro diario, quien tomó la foto en el momento en que el hombre mayor acababa de ser rescatado. Incomprensiblemente, el joven salvador recogió unos libros de un banco cercano y dejó el lugar sin ni siquiera esperar el agradecimiento de su rescatado".

Varios días después, un grupo pequeño de gente y algunos periodistas esperaban a la salida de su casa al señor Müller, el Opa de mi amigo Roberto. Una famosa entrevistadora de la televisión, acompañada de un cameraman, consiguió llamar su atención y entrevistarlo.

Yo pasaba cerca, conversando con mi amigo Carlitos y no entendíamos lo que estaba sucediendo. El señor Muller parecía desorientado. Alcanzamos a escuchar a la locutora diciéndole: "la foto que nos mostró una de las personas que lo estaban esperando, lo muestra en uniforme del Ejército alemán…" Nos empujaron y no pudimos escuchar más.

En ese momento uno de los periodistas se me acercó diciendo "vos sos el muchacho que le salvó la vida al señor Müller". Lo miré intrigado y sin responder le pregunté "¿qué sucedió, se descubrió que era un nazi asesino?". Me miró y esta vez era él el sorprendido. "¿Vos qué sabés?", me preguntó. "No sé, yo vi una foto de él en uniforme del Ejército alemán". El periodista me miró después de un breve instante y me dijo: "¿Sabés por qué esa gente está aquí?". "Me imagino - respondí -porque se descubrió que era un nazi". "Te equivocás, esa gente está aquí para agradecerle por haber salvado su vida". Miré sin mirar.

Pensé que estaba bromeando. "Este grupo de gente vio su fotografía en el diario de ayer -siguió explicándome el periodista- Hace mucho tiempo que lo buscaban para agradecerle lo que había hecho por ellos cuando fue soldado en la segunda guerra. Cuando lo salvaste, fuiste vos el que lo recompensó por todo lo que él había hecho por ellos".

Más tarde, los padres de Roberto, los abuelos Müller y mis padres, junto con Roberto y yo tomamos *eize chocolat* y comimos *strudel* en su casa. Yo preferí no decir nada sobre la terrible equivocación que había cometido pensando que el abuelo de mi amigo era un nazi por el solo hecho de ser alemán. Y allí fue, es esa merienda en donde dejé, esta vez sí, que el Opa Müller me agradeciera cariñosamente haberlo salvado, entonces él contó su historia.

El relato

La guerra había sacado al señor Müller de su pequeño puesto municipal, donde trataba diariamente con papelería burocrática, sin contacto humano. Su filosofía, si la tenía, era cumplir las ocho horas de su trabajo, que había conseguido gracias a una tía que lo apreciaba y que era la amante del intendente de su pueblo, un pequeño pueblo de 10.000 habitantes en la frontera alemana-polaca. Al salir del trabajo, como un ritual religioso se sentaba en el Beer Garden, antecesor de los Munich de Buenos Aires. Su enorme cerveza bajaba lentamente, a cada sorbo que pasaba por su tráquea.

Todavía, siendo tan joven y tan formal, no había tenido ninguna oportunidad de aventuras amorosas. Le apasionaba observar la frescura de las jóvenes de su edad, pero en sus fantasías no desechaba la idea de las mujeres maduras. Su imaginación lo llevaba a tener aventuras con ambas. Trataba infructuosamente de ver a través de sus vestidos ese lugar misterioso del cual hablaban constantemente en la oficina sus compañeros de trabajo, y aceptaba tácitamente las bromas por su falta de experiencia sexual. Él hubiera querido experimentarlas, para reír junto a ellos.

Una mañana cualquiera, un compañero entró vestido con un informe de las SS, se cuadró al entrar y extendió su brazo en alto gritando ¡Heil Hitler! Los demás quedaron asombrados y él, sin saber por qué, anonadado.

Desde ese día… el compañero vestido con el uniforme de las SS empezó a urgir a los demás a unirse al Partido por la recuperación del orgullo alemán y la defensa de la raza aria. Algunos lo hicieron. Cada vez se unían más y pronto la oficina quedó llena de uniformes de la SS.

Müller tenía una educación luterana, y aunque no era fervientemente religioso creía en el precepto de Dios y en el respeto al ser humano. No le importaba la política. su cabeza solo estaba llena de aventuras sexuales.

Después de la invasión de Polonia, fue incorporado al Ejército y destinado a un pueblo polaco, luego de un breve entrenamiento. El pueblo era cercano a Varsovia. Allí su trabajo burocrático lo llevó a interactuar con gente con la que le era difícil empatizar. Su rutina del Beer Garden fue cambiada por una cerveza en un cafetín del pueblo, donde solían concurrir los soldados alemanes. Los solía atender una seria y hermosa joven polaca que él veía inaccesible. Ella nunca sonreía, pero solía observarlo sin que se percatara. Una noche que se quedó hasta más tarde que lo habitual y el toque de queda estaba en efecto, ella se le acercó y en un alemán extraño y raro le pidió si la podía acompañar a su casa, debido al toque de queda.

Él la miró con sorpresa y una emoción recorrió su ser. Le contestó que no tenía inconveniente. Ella vivía muy cerca del café, y las pocas cuadras que caminaron juntos transformaron el anochecer en algo inusual y en cierta manera romántico. Ella lo despidió con un beso en la mejilla, y él regresó al cuartel soñando con su presencia.

Al día siguiente volvieron a repetir la caminata y él esperó el beso de despedida. Durante un mes se repitieron las caminatas nocturnas. Varios domingos salieron a los alrededores, cerca de un río. En los brazos de ella descubrió el misterio que tanto deseaba. Ella lo invitó a su habitación, en casa de unas personas mayores donde ella era inquilina. El alemán de ella mejoraba ostensiblemente, él la apoyaba, la corregía y le enseñaba a escribirlo.

Un anochecer un grupo de soldados interrumpieron en la casa. Habían recibido una delación de que en esa casa vivía una judía. Él le respondió que estaban equivocados. Haciéndolo a un lado, le exigieron a ella sus papeles. Él se sintió ofendido y les dijo que garantizaba por ella. El oficial a cargo volvió a exigir los papeles. Ella confesó que no tenía ningún documento de identidad. La detuvieron y se la llevaron ante el asombro de Muller, que no entendía qué estaba sucediendo. Escuchó que sería deportada a un lugar llamado Auschwitz, porque después de tenerla en una celda y torturarla no habían podido comprobar su origen.

Pasaron varios días para que Müller se repusiera, cuando fue trasladado a una oficina que se ocupaba de documentación. Trató en vano de averiguar sobre ella, pero solo la encontró en una lista de deportación. Haciendo averiguaciones, descubrió que los que eran llevados a esos campos jamás regresaban. Su tristeza se acrecentó, extrañaba su piel y su calor y su cariño y sus besos. Su única compañera en los atardeceres nocturnos era ahora una cerveza.

Hablando consigo mismo y con su cerveza, comenzó a darse cuenta de que se podía destruir gente con un simple papel, enviándolos a lugares incomprensibles de donde no se volvía nunca. Llegó a la conclusión de que si se podía matar con papeles, quizás se pudiera salvar vidas con otros papeles. Una mañana un joven de edad parecida a la de él fue traído a su presencia. Hablaba solo polaco. Una de las razones por las que Müller había sido enviado allí, era porque viviendo en una zona fronteriza entre Alemania y Polonia tenía un contacto permanente entre poblaciones. El polaco se había convertido para él en una segunda lengua, sumada a su nativo alemán.

Revisó los papeles del muchacho, que tenían estampada la "J" que denotaba su identidad judía. Lo iban a enviar a un campo. En ese momento pensó que si la "J" desaparecía de sus papeles, quizás se salvaría de ese destino fatal. Sin pensarlo, pero sabiendo que él era el único que hablaba polaco, le dijo: no eres judío, eres católico, espera un momento. Fue a la otra habitación con los papeles originales dentro de su uniforme y trajo papeles nuevos sin la "J" y con un nuevo nombre polaco. Se los extendió al joven, quien lo miró con desesperación, abrió los papeles y entendió lo que Müller le había dicho. Müller llamó a un soldado y le dijo: hubo un error, este hombre no es judío. Así, lo dejaron salir.

Pensó que había hecho lo correcto: salvar una vida. Su religión había sido siempre para él una fuente de consuelo y enseñanza. Al atardecer se acercó a la iglesia del pueblo y pidió ayuda a Dios por la decisión que había tomado, y decidió que quería seguir en el mismo curso, aunque eso podría llevarlo a su propia muerte.

Ascendido a sargento, Müller estaba a cargo de la identificación de judíos, gitanos, disminuidos físicos, prisioneros polacos. Al darse cuenta del destino que le esperaba a esa gente, y siendo un creyente fervoroso, pensó en ayudar a la mayor cantidad de gente posible. Una de sus acciones fue salvar a una madre y un niño pequeño, gracias a ciertos documentos que fabricó mostrando que eran cristianos. Su trabajo era solitario y su actitud podía acarrearle la pena de muerte. También consiguió contactar con un grupo de partisanos polacos y judíos y les ofreció ayuda: los munió con papeles sin la "J" a los partisanos judíos, y con otros papeles a los partisanos polacos.

Un día, alguien que sospechaba de sus actitudes lo denunció a un superior. Lo entregaron al torturador de turno y confesó. El pelotón de fusilamiento lo esperaba al día siguiente.

Mientras tanto, los partisanos salvados por él recibieron la noticia de su aprehensión y decidieron jugarse el todo por el todo. Consiguieron convencer a un guardia con un paquete de dinero, de que se olvidara de cerrar la puerta de la celda. Müller escapó a través de un túnel que conocía, y a la salida lo esperaban los partisanos, que lo ocultaron en un lugar que consideraron seguro.

Los alemanes lo buscaron por todos lados, prometieron recompensas, fusilamientos en masa, pero nada pasó: se lo había tragado la tierra. Los partisanos le ofrecieron unirse a ellos pero él se negó y les dijo: jamás intenté traicionar a mi país, solo quise salvar vidas.

Ellos lo entendieron, respetaron su honradez y valentía, y lo ayudaron con el apoyo de varias organizaciones clandestinas. Él les contó la historia de su primer y único amor, y le ayudaron a buscarla. Estaba viva. Los rusos que llegaron a Auschwitz la encontraron y los ayudaron al reencuentro.

Ellos se amaron nuevamente y quisieron huir de sus fantasmas. Pensaron, como muchos otros en su situación, que quizás en un lugar lejano lo lograrían, y así fue como habían llegado a la Argentina.

Los sobrevivientes que habían sido salvados por el señor Müller pagaron un viaje a Israel para toda su familia, incluyendo a Roberto y a mí, donde en Yad-Vayem el Opa Muller fue nombrado "justo entre las naciones".

Fue en ese momento cuando sentí que lo que creí mi venganza, se había cumplido por fin.

LA SEÑORA PATSY FERRÁN

De día tomaba whisky, de noche bebidas sin alcohol

*A Patsy Ferran,
con mi admiración a una señora Actriz*

La carta

Estimada señora Patsy Ferrán:

Yo soy un señor (no sé realmente cómo se dice hoy en día) de 88 años, con mente sana pero con achaques de todo tipo como corresponde a alguien de mi edad. Estoy tentado de decirle que soy un jovato, como se dice en mi tierra, porque yo soy -y siempre repito el mismo chiste- de Palermo pero no soy siciliano, soy del Palermo de Buenos Aires, de la bendita ciudad de Buenos Aires que siempre se recostó sobre el Río de la Plata.

Allí me crie. Leí que sus padres son españoles, su madre de Valencia y su padre de la orgullosa Barcelona, y que usted nació en Valencia. Seguramente sus abuelos lucharon por la República, como tantos otros, y sus padres terminaron en el exilio -suposición mía- y terminaron en esta tierra que los acogió con la frialdad y el cariño de la gente de este lugar, de este país donde se puede ver una mala obra de teatro pero jamás una mala actuación. Recuerdo otro hijo de refugiado, Michael Portillo, tuve el honor de hablar con él en el Instituto Cervantes y aprecié su don de gente, su increíble cultura y su irónica forma de responder comentarios infantiles como los míos.

Como buen señor mayor me voy por las ramas y me cuesta llegar a lo que quiero decirle. Mi señora y yo la vimos actuar en *Verano y humo* en el Almeida, santo teatro. Si Tennessee Williams la hubiera visto actuar, sabría que usted era la verdadera y única alma Wayne Miller que él pensó y nosotros también. Después de las funciones normalmente soy parco o mudo en mis comentarios, necesito que lo que vi y escuché se hunda en mí. Pero esa vez fue una excepción: hablé y hablé de su actuación y me di cuenta que mi señora estaba un poquitín celosa. Ella entiende más que yo de teatro y me confesó que también se había transformado en una seguidora de "A star is born" para nosotros. Desde allí seguimos su actuación.

Debo ser sincero y confesar que usted no es mi primer amor, pero seguro el primero en el teatro. La primera es del cine, Julie Christie haciendo de Lara, la maravillosa Lara de Zhivago, esa novela increíble que se escribe una sola vez en la vida escrita por un poeta Pasternak que supo del amor de su pueblo, el ruso, de ser su poeta nacional y del temor y desprecio de las dictaduras hacia su persona. Nunca supe si me había enamorado de la actriz, o de Lara, o de ambas. Mis enamoramientos teatrales me los transmitió mi madre, que como tantos inmigrantes judíos escapados de los pogroms y la pobreza de Europa del este encontró también en Buenos Aires su paraíso. Vino de niña a esa nueva tierra de la lejana Ucrania y de Polonia, con esos dos idiomas incomprensibles para mí y el Idish de su casa, se asimiló rápidamente y se transformó en una porteña natural.

Ella amaba el teatro en español y aquellos años famosos del teatro en Idish. A verlo nos llevaba a mi hermana y a mí, y éramos sus compañeros de discusión teatral. A los 15 años, en la época de Perón, nos regalaban entradas para el teatro Cervantes, una hermosa construcción colonial. Allí vi y mamé las palabras de la Celestina en la voz y la presencia de Margarita Xirgu, y terminé siendo un fanático "theater goer" y un lector incorregible de cualquier libro que cayera en mis manos. En mi barrio de Palermo vi y oí por primera vez en mi vida sobre las fallas valencianas y a las niñas de nuestras vecinas engalanadas con esos trajes tan coloridos.

Ahora, Madame Patsy, estoy al fin llegando a lo que quería contarle realmente. Los dos vivimos en Londres, yo escribo teatro que todavía no vio la luz del día. Y recientemente estaba leyendo una historia verdadera, acerca de Niuta Teitelbaum, la Niña de las Trenzas. Usted se preguntará quién será esa mujer. Por otro lado que usted debe estar cansada de los vericuetos de mi carta y pensará que querrá este viejo conmigo, hablándome de cosas que no sé qué tienen que ver con mi actuación. Pero quizás usted quede picada y quiera saber más de esa mujer judía. Pues desde mi falta de humildad, pensé que sin ser yo Tennessee Williams, quizás, quizás, usted puede llegar a ser Niuta Teitelbaum, la vengadora de las mujeres judías de Varsovia, llamada Wanda la de las Trenzas.

El escenario

Patxi camina hacia la platea. Lleva trenzas rubias y con una sonrisa clara se acerca a un espectador.

—Señor, ¿usted sabe quién fue Wanda la de las trenzas? ¿o quizás Niuta Teitelbaum? —pregunta —¿No? Bueno, yo tampoco, hasta que me escribió un señor mayor que me dijo que era argentino y me envió una carta muy mezclada con muchas ideas, además de una pequeña obra de teatro contando su historia. Pues ese señor me creó un desafío, y aquí estoy yo para contestarle con actuación.

Patsy sube al escenario, se sienta en una vieja silla, apoya sus brazos sobre una pequeña mesa, sostiene su cara con sus brazos, da vuelta al escenario, vuelve a bajar, se acerca a una pareja y les pregunta:

—¿Saben qué fue el gueto de Varsovia?

La pareja mira a esa joven con cara de niña y trenzas algo infantiles y responden:

—Tenemos una vaga idea.

Un hombre de la fila de atrás interviene y dice:

—Un lugar donde se encerraban a los judíos varsovianos, en 2 km cuadrados hasta 400.000 seres humanos, entre ellos mis abuelos, tíos, mis primos.

—Entonces quizás oyó hablar de mí.

—¿Y quién es usted? ¿de quién se apodera?

—Soy Wanda la de las Trenzas.

—Perdón, no reconozco ese nombre.

—Ahora lo escuchará.

Paty vuelve al escenario seguida por un foco de luz. Se apagan las luces y de pronto en el fondo parecen fotografías del gueto.

—Yo nací en Lotz -se pronuncia "otz"- allí existe una escuela de cine. Provengo de una casa típicamente judía religiosa. Mi padre me enseñó el Idish y el hebreo, me educó en los libros sagrados. Pero yo fui una rebelde y descreída de la religión, y desde joven me hice miembro del Partido Comunista.

Paty vuelve a bajar, le extiende la mano a un espectador de la primera fila y seguidamente se sienta al borde del escenario. Se saca la pañoleta y las trenzas.

—Ahora dejé de ser Wanda —explica —porque deseo que usted y toda esta gente que vino a verme conozcan estas dos historias, dos mujeres de distintas épocas y circunstancias distintas. Ahora ya no soy Wanda, y he vuelto a ser Patsy Ferran, valenciana por nacimiento y londinense por educación y amor. Hablo tres idiomas: el español que me llena de luz, el valenciano que trae morriña y sentimientos, y el inglés que como ustedes ven me ayuda a expresarme y comunicarme como artista. Aquí me eduqué, por eso soy una londinense desde donde se me juzgue.

Luego baja y se acerca a otro señor, extiende su mano y le dice:

—Soy Patsy Ferran. Usted me habrá escuchado dialogar con el señor anterior —se da vuelta y le dice —Mala educación la mía, no preguntarle su nombre.

El otro hombre responde "Peter".

—Y ¿cuál es su nombre? —pregunta ahora al que había hablado antes, quien responde "Paul".

—Gracias Paul —dice Patsy —Ahora les sigo contando. Resulta que hace un tiempo un señor mayor me envía un sobre con una carta muy respetuosa, y me confiesa que está enamorado de mí. No físicamente, dice que tiene 88 años, me pregunto sin malas intenciones si existe un enamoramiento en esa edad, claro que sí porque es humano. Me aclara en su carta que desde joven tiene una fijación: enamorarse de la actuación de una artista y ese amor es una mezcla dual entre el artista y el personaje, dos personas en una amándolas como si fuera una sola. Me cuenta que desde hace años está enamorado de Lara, amante del doctor Zhivago, de esa novela inmortal del poeta Pasternak, adorado por sus compatriotas rusos como lo fue Maiakovsky, esa novela donde está la verdad de lo que sucedió en la revolución rusa, anatema para el régimen. Julie Christie hizo el papel de Lara en el film sobre la novela y allí se fusionaron las dos en un amor único. Ahora me dice que se enamoró de mí o de mi actuación, o por las dos cosas. Mi pobre marido va a estar sumamente celoso.

El espectador se mueve nervioso por la luz que los enfoca y la mirada del público. Patsy le pregunta si le molesta escucharla o es la presencia de los espectadores.

—Lo que sucede es que no soy un artista, soy simplemente un espectador —responde.

—¿Y le gustaría que cambiáramos de lugar?

¿Por qué no? dice el espectador, y Patsy lo toma de la mano, mira a Peter y le dices también: —Vamos juntos. Subamos al escenario, ahora somos todos artistas —y agrega: —Un último pedido: necesito alguien más.

Sube un señor. Patsy le dice a los tres:

—Ustedes ven a los espectadores. Ellos creen que nosotros no los vemos pero, observa, allí está la señorita masticando su chocolate, más allá el señor tomando su lager, mucho más allá el señor rascándose la nariz, pero la que más me gusta es la señorita que se quedó dormida en la última fila. ¿Ve, Paul? Estamos en la realidad, este no es un mundo de ficción.

Y pregunta a los tres:

—¿Creen que debo seguir contando?

Los tres asienten. Patsy se mueve en el escenario, se acerca a los hombres y sigue hablando.

—Este señor mayor —así eligió él llamarse pero al final firmó Mauricio, así que yo lo llamaré Mauricio —me dice que leyendo y leyendo se encontró con que en el gueto de Varsovia la tercera parte de los partisanos eran mujeres, con la ventaja de que no necesitaban bajarse los pantalones para mostrar lo que eran. Tenían educación y facciones similares a las mujeres polacas y eran lobas para ayudar a los suyos. Mauricio agrega que así eran las mujeres de su familia. Me cuenta entonces en su carta que allí se cruzó con un personaje que parecía una colegiala de trenzas rubias bien estiradas y pañoleta campesina, de sonrisa tímida que escondía su verdadera personalidad férrea y de puro acero. Entonces —me dice —la asoció a ella conmigo: yo era para él Wanda la de las Trenzas, como llamaron los nazis a Niuta Teitelbaum. "Ella hablaba tres idiomas impecables -me dice- en los cuales expresaba diferentes sentimientos: el polaco, el idich y el hebreo. Usted, Madame Patsy (que hermoso le queda el Madame, porque usted es una señora y una actriz, no sé si me entiende) también habla tres idiomas perfectos, el valenciano para lo diario y para las fallas, el castellano para su relación familiar, y el inglés para su arte y sus sentimientos. Y allí de nuevo viene la semejanza: Wanda usaba el polaco para actuar en su papel de asesina o vengadora o partisana, el hebreo para sus sueños, y el idish para la relación de amistad y el amor".

—Estas son las cosas que Mauricio me escribía en su carta —continuó contando Patsy —Después de leer la carta busqué en Wikipedia quién era esa mujer que Mauricio quería que fuera yo (en un momento Mauricio me dijo que en su época la Wikipedia se llamaba diccionario y en su tierra le decían el mataburros, eso me hizo reír mucho). En la Wikipedia vi su foto y una escueta biografía de esa mujercita, y me asaltó algo aquí adentro: era yo en ella o ella en mí. Pensé que quizás Mauricio no estaba equivocado, y que mi deber era traerla a la vida, devolver su presencia.

Se mueve nerviosa y dice:

—Ahora vamos entonces a traerla aquí.

Y les indica a los tres espectadores que ahora son artistas como ella:

—Ahí están los uniformes. Yo vengo en un minuto.

Sale del escenario. Los tres hombres visten el uniforme de la SS, mueven las mesas para armar una una oficina, y Patsy reaparece vestida como Wanda, con las trenzas y la pañoleta. En la entrada de la oficina está sentado el oficial de la SS. Wanda se acerca tímidamente y pide ver a un oficial superior. El oficial pregunta para qué quiere verlo, y ella con sonrisa triste le cuenta es algo muy personal. Él siente lástima, tal vez piensa que a esa joven le ocurre lo que a tantas otras. el oficial superior la embarazó. La deja pasar y le indica el número de la oficina. Ella se acerca a un lugar del escenario donde está sentado el oficial superior de las SS. Wanda saca una pistola con silenciador y dispara antes de que él abra la boca. Ella se va y tranquilamente, saludando al de la entrada.

Se apagan las luces en el escenario, en la oscuridad Patsy está sentada nuevamente al borde de la escena y dice:

—Mauricio me pide mi ayuda para recrear su corta vida como representante de tantas luchadoras. Me pide que le devuelva su alma, como en cierta manera el Marhal le dio el soplo al Golem de Praga para defender a los judíos. ¿Estoy destinada a hacer eso? me pregunté. ¿Yo que tengo que ver con los judíos? Yo soy católica, de familia católica, educada católica, sin relación con los judíos, solo he leído sobre ellos. Si fuera la Juana de Arco de Paul Claudel sería más entendible, con ella tengo algo en común: las dos somos creyentes en Jesucristo. Pero no tengo una relación intelectual con el personaje de Wanda, nunca entendí qué significa ser judía, católica, musulmana o atea, mi Dios es el arte. La carta de Mauricio me obligó sin querer y sin saberlo a preguntarme cosas: le pedí a mi padre que me acompañara a Polonia a ver Auschwitz, y allí me estremecí, me hundí en su negrura. Papá y yo nunca nos habíamos enfrentado a algo tan siniestro. A partir de allí traté de leer todo lo que encontré sobre Niuta, me pregunté de nuevo cómo actuaría yo si hubiera vivido en una época como la de ella. Siempre pensé que la libertad es un derecho natural del ser humano. Pero Wanda-Niuta nació en otras condiciones. Por eso dudé en hacer lo que Mauricio me pedía: resucitar a Wanda. Qué desafío.

Se encienden las luces. Los tres nazis están sentados en su escritorio. Entre Wanda con su pistola en mano y dispara: consigue matar a dos, el tercero queda herido.

Ahora cambia el escenario y Wanda aparece vestida con un guardapolvo de hospital, sin pañoleta en trenzas. Entra y mata al guardia que cuida al herido del atentado anterior y a él también lo mata.

Otra vez Wanda queda sola en el escenario y se dirige al público:

—La verdad es que no sentí nada después de matar a los nazis ¿cuántos fueron? ¿qué importancia tiene? Nunca me sentí compensada por las muertes que ellos causaron a mi pueblo, no hay proporción entre ellos y mi defensa, que siento es una venganza, una defensa. ¿Por qué los maté? Mi mente se ocupa muy poco de ello. No soy fría, no soy una asesina: ellos me hicieron así. Me transformaron de la joven estudiante de historia, y me convertí en alguien que no soy. Desearía volver a mi normalidad, a mis días ideales y estudiantiles donde todo eran teorías y risas, queríamos transformar el mundo en una sociedad utópica y justa, pero esto es diferente, no creo que llegue a ver el final, realmente no lo creo. Yo era una judía universal, sin creencia religiosa, con un sueño de igualdad. Pero hoy debo luchar por mi vida y mi judaísmo. Dios, ¿puedes decirme dónde estás, si existes, cómo permitiste que me transformara en esto que soy hoy. Yo que amaba la pureza de mi cuerpo y del amor, me dejo acariciar sin sentir nada solo para poder llevar al enemigo a su lugar de ejecución. Dicen que en la guerra hay leyes pero no lo creo cuando veo cómo los nazis actúan, son asesinos sin compasión, sin piedad, no sienten nada asesinando niños, se ríen y se alegran. Los muertos no se cuentan más tal es el número, pero ¿cómo si sienten cariño y alegría con sus amigos y su familia puede existir esa dualidad con los que no comparten sus ideas de raza y superioridad? Comenzaron asesinando a sus propios disminuidos, a sus propios niños, por una ideología sin sentido. La humanidad y la bondad desapareció por siempre en ellos. Siguieron con su odio por lo que llaman subhumanos: gitanos, judíos, homosexuales, incapacitados. Otra vez creo que me equivoco, de pronto aparece una pequeña luz, la rebelión aparece tímidamente. M rebelión sin compasión que apareció el día que me capturaron, tenía solo 25 años, me torturaron, me destrozaron y me ahorcaron. Pero otras mujeres lucharon como yo, no se dejaron abatir por eso, siempre hay esperanza en la lucha. Veremos un nuevo amanecer, en el gueto hubo otra lucha, no solo la de las armas, sino la lucha por dar esperanzas a los jóvenes, darles educación, poemas, canciones y teatro, sí, teatro, lo que yo más amo. Todavía se hace el amor y algo nuevo está naciendo, pese a que nos rodea la muerte, la sordidez, el egoísmo, la traición. Aprendimos el respeto por nosotros mismos.

Hizo un silencio y continuó:

—Asi nacieron un Janusz Korczac que acompañó a los niños de su orfelinato a la muerte, aunque le dieron la posibilidad de salvación personal; Irena Sendler, el ángel del getto de Varsovia que con sus colaboradores salvaron 2500 niños; Mordechai Anielewicz que nos dio el coraje de morir de pie y luchando.

Y haciendo una breve interrupción, terminó de contar a los espectadores:

—Por eso no me cabe la menor duda, me dice Mauricio como despedida de su carta, que si la historia se repitiera, yo, Patsy Ferrán, actuaría como Wanda-Niuta, si viera que está en juego mi libertad y mi arte.

PEPE

De día estaba muerto, de noche creía en la resurrección

¿Me pregunta por qué estoy acá, señor? Le cuento. Mire usté, nosotros somos gente tranquila, de barrio, ni pobres ni ricos, quizás clase media si es que existe todavía.

Mi marido heredó la pizzería Napoli de su padre el Nono, que vivía con nosotros, mejor dicho nosotros con él, porque era su casa. A sus otros hijos les dio dinero en partes iguales cuando compraron sus departamentos. Así de generoso fue siempre el Nono, todo para la familia, las alegrías, las tristezas, los llantos y las sonrisas.

Es una pizzería de barrio, como le digo, de esas con manteles de hule floreado, servilletas de papel y cubiertos de gamuza. Pero nuestra pizza -y no lo digo porque sea nuestra- se deshace en la boca. No escatimamos el queso y usamos el de calidad superior. Muchos clientes que comen allí de paso nos dijeron "sin ofender a nadie, nunca pensamos que en una pizzería de barrio se podía comer mejor que en Las Cuartetas".

El padre del Nono se vino a la Argentina cuando subió el fascismo, en su infancia en Italia. Los hijos y nietos lo recuerdan imitando al Duce, arengando a las masas desde el balcón, como el que te dije, los gestos de prepotencia en su cara y en sus brazos. Todos esperaban las palabras del Nono -o el Duce- diciendo "citadini de tutta Italia, ¿buro o cannoni?". Y todos contestaban a grito pelado y riéndose "cannoni".

Tenemos un hijo varón, se llama Pepe. Pepe siempre fue un buen pibe, un pibe respetuoso, muy educado, que fue muy bien en la escuela secundaria y sacó concepto de "alumno distinguido", consciente y amigo de sus amigos. Desde los 15 años empezó a noviar con la Rosalía, la hija de la Tota, la prima segunda o tercera de mi marido. Ella es una piba buena, simpática, se hace querer; un poco gordita para mi gusto, pero tiene unos ojos verdes que matan, dientes blanquitos y una risa contagiosa que lo hacía reír a mi Pepe que pasó a ser su Pepe. Se acostumbraron a ir al cine los sábados a la función de la tarde y después venían a comer a la pizzería, una pizza mixta que ella comía siempre una tajada más que Pepe, y se tomaban una cerveza fría cada uno. Al final los dos se arremangaban y ayudaban hasta la 1:00 de la mañana cuando cerrábamos, y una hora más entre terminar de limpiar y hacer la caja. Después subíamos al departamento y nos íbamos a dormir. La Rosalía se quedaba en casa, le teníamos una habitación preparada para ella. La familia de la Tota estaba feliz con el noviazgo y nosotros también. Ella estudiaba el Normal para ser maestra y Pepe siempre fue un pibe puro corazón y muy casero al que le gustaban los asados de los domingos que mi marido hacía en el horno de leña de la pizzería. Todos disfrutaban nuestros asados domingueros. Nunca dejaban de faltar invitados. El Pepe era el primero en venir: comía y salía disparado al partido en la cancha de River. Nuestra otra hija y mi yerno también venían siempre, a él no le gustaba ir a la cancha, prefería ver el fútbol en la televisión. Y yo me comía a besos a sus dos niños, un varón de cinco y una nena de tres. Les daba su postre preferido, flan con dulce de leche, y cuando me decían Nona dame un beso, disculpando las palabras yo me pishaba de satisfacción. Mi hija me gritaba "no les des dulce, que el dentista cuesta un ojo de la cara". El Nono se sentaba en la cabecera y aprovechaba a mandarse una siestita.

Ahora los domingos no existen más, y a mí me ve aquí en cambio, en la Plaza de Mayo, dando aliento a todas estas madres y abuelas que perdieron a sus hijos y nietos. Y usted me pregunta por qué, qué hago aquí en esta ronda de todas las semanas, si mi hijo, que Dios lo bendiga, por suerte todavía está vivo. Usté verá.

Todo empezó cuando a Pepe le llegó la edad de hacer la colimba. Usté sabe cómo es eso, es un año perdido para los muchachos, algunos tienen suerte y se salvan, otros tienen algún acomodo que los ayuda a zafar, pero la mayoría se tienen que pasar un año o más, si le toca la Marina.

El hijo del Moishe, por ejemplo, tuvo suerte, sacó número bajo y se salvó. Aunque lo de suerte es relativo. No hace mucho me enteré de la historia del Moishe, me la contó una amiga de ellos. El Moishe vino de Polonia donde vivía su familia. Ahí todos perecieron menos él y un hermano menor, que consiguieron sobrevivir al campo de concentración, uno que tiene un nombre muy difícil para mí, "Auchfid" o algo así. Él y el hermano consiguieron escapar escondidos en un camión de mercaderías. Hay quien dice que los campos de concentración fueron el modelo para los de ahora que hay aquí, donde dicen que el Ejército rapta y asesina a quienes disienten con ellos. Los llaman subversivos. Según entendí los Moishes polacos eran gente como nosotros, los mataron, no, déjeme recordar la palabra, los asesinaron, con una lluvia venenosa. Sin distinción, hombres y mujeres, jóvenes y niños, y dicen que los incineraban y que su alma y sus cenizas salían por las chimeneas. Eso no es ninguna suerte. Sí la del hijo, que no perdió el año y se fue a estudiar medicina. No me mire así porque los llamo Moishe, es sin ofensa, como a mi marido lo llaman Tano y a mí que soy del Chaco me llaman cabecita negra y me las trago.

Le contaba que el hijo del Moishe tuvo esa suerte. Bueno, mi Pepe no la tuvo. Él quería estudiar arquitectura, es bueno en dibujo y en matemáticas. Tampoco hizo la colimba el hijo de Doña Santa, la rica del barrio, esos que se compraron un departamento grande de 120 metros con pieza y baño de servicio, que empleaban dos jovencitas también cabecitas como yo. El marido parece que está en negocios sucios con los milicos y tiene mucha plata, tanta que consiguió que el hijo no haga la milicia porque un médico militar amigo le encontró un soplo del corazón, puras macanas como se dará cuenta usté. Tampoco fue al Ejército el hijo de la rubia, que no sé a quién conocen porque ella es cabeza como yo. Aunque lo reclutaron, lo metieron en una oficina porque sabía inglés que estudió en la Pitman. Yo le decía a mi marido "parece que todos tienen cuña, ¿y vos no conocés a nadie, alguien que ayude a nuestro Pepe?". Él medio enojado me decía "y a quién voy a conocer, yo solo soy un pizzero de barrio de trabajar doce horas por día los siete días de la semana, y así es como tenemos comida en la mesa y los quince días de vacaciones en Necochea, pero conocer gente con pata en el Ejército no, hija. Si yo también hice la colimba, me dieron la matacaballos y me pasé tres días con fiebre y me aguanté al sargento que era un cabeza como vos y me cagaba a patadas cuando gritaba cuerpo a tierra, tano de mierda. Que Pepe la haga, que Dios lo ayude, un año pasa rápido". Y me decía "Ya sé que pensarás que soy conformista, pero qué puedo hacer si es así la cosa". Mi Pepe se presentó a la revisación médica en la Rural y le dijeron "apto para todo servicio".

Yo de tanto hablar seguro lo estoy confundiendo a usté. Mi marido es tano, yo soy cabecita negra, nací en el Chaco pero mis abuelos son de Santiago del Estero. Pepe tiene más pinta de cabecita que yo, solo que tiene altura de tano, como el padre. Bueno, le sigo contando. Resulta que el año en que mi Pepe lo llamaron para hacer la colimba, los militares se metieron en una guerra con los ingleses, por las Malvinas, vio, esas islas en el sur. Allí lo estaquearon y lo torturaron, todo porque se moría de hambre y robó un poco de restos de comida de los oficiales. Se fue a las Malvinas con 75 kilos y cuando regresó pesaba 48. Los trajeron de vuelta en un buque no sé si argentino o inglés, que se llamaba Canberra si no me equivoco. Cuando los desembarcaron en Trelew los metieron en camiones con la lona bajada y después los metían en autobuses oscuros, les dijeron que era porque los habitantes de Trelew los querían apedrear por haber perdido la guerra, pero era todo lo contrario, la verdad era que los querían recibir como héroes que eran. Se los llevaron a un cuartel para engordarlos y les dieron a entender que cuando volvieran a la vida civil no tenían que hablar sobre lo que sucedió, les dijeron "escuchen bien todo, que no se les ocurra abrir la boca porque ustedes tienen familia".

Pero Pepe despacito me fue contando en pedacitos de confesión o en descargas los setenta y cuatro días de lucha por una tierra desconocida con unos habitantes que no querían ser argentinos. Los oficiales argentinos los tenían hambrientos, subyugados, con armas en las que no habían sido casi entrenados, sin ropa adecuada, cagándose de frío. Y así y todo lucharon igual a igual con los ingleses como hombres y no pibes como eran. Ni unos ni otros tenían odios, solo eran títeres manejados por una dictadura y una mujer de hierro. Los ingleses eran profesionales de la guerra, pero los nuestros eran como mi Pepe, los pibes no sabían de guerra, eran trabajadores y estudiantes. Eran pibes que a la fuerza crecieron allí, quisieron ser hombres pese a que los dejaron muertos de frío, hambrientos, estaqueados.

Pepe nunca volvió a ser él mismo. Abandonó a su novia, perdió la sonrisa y el deseo de estudiar. El Nono le hablaba y él no respondía. Una tarde el Nono se fue a hacer la siesta y no volvió a despertarse. Pepe descargó en lágrimas todo el dolor y todo el cariño que le tenía.

La mujer del Moishe me contó que un sobrino suyo, que fue las Malvinas como mi José, sufrió tanto que tampoco siguió siendo el de antes. Dice que a él también lo puteaban y lo estaqueaban por el solo hecho de ser judío. ¿"Acaso no fue a luchar por la patria como todos?", me preguntaba mi vecina, y yo no supe qué contestarle. También me contó que a los judíos les pasó lo mismo en Alemania: lucharon por Alemania en la Primera Guerra mundial, muchos se distinguieron por su valor y ganaron la Cruz de Hierro, pero en la Segunda Guerra los mandaban al campo de concentración. Yo no entiendo mucho de política, señor, pero me terminó contando mi vecina que muchos judíos se fueron a Israel para no ser nunca más judíos sino israelíes. Yo le repito lo que ella me dijo, su sobrino se fue a Israel y yo me dije que por lo menos el sobrino del Moishe tuvo donde irse. El mío adónde se iría, ¿a Santiago?

Mi esposo quedó como patriarca de la familia después de la ausencia del Nono, y mi yerno aceptó la oferta de mi marido de trabajar en la pizzería. Pepe seguía viviendo como ausente. A veces se iba a la costanera y se pasaba horas viendo al río-mar. Una tarde nos sentamos mi marido y yo con el Pepe y mi marido le dijo "mirá Pepe, vos tenés derecho a sacar la ciudadanía italiana por el Nono. Hacelo y andate por un tiempo a Italia, allí en Nápoles tenemos familia que te recibirán bien. Probá, quizás te ayude a recuperar esa alegría que tenías antes".

Como siempre tan buen pibe, él simplemente le contestó "puedo". Y al final, hace unos días, se subió a un avión en Ezeiza y desapareció.

¿Ahora me entiende usté, señor? ¿Entiende ahora por qué vengo con estas mujeres? Ya sé que su dolor es imposible de comparar. Pero a mí también me robaron mi hijo.

LOS VECINOS DE LA CALLE HONDURAS

De día era escritor, de noche dormilón

*A María José Blanco
con mi admiración y cariño por su personalidad.
Mas por abrirme un nuevo mundo con el grupo de lectura
de mujeres en lengua hispana.*

Vivíamos más adentro de la calle Santa Fe, en la calle Honduras, que corría paralela a Santa Fe. Allí mis padres habían comprado una pequeña casita, todavía antes de que yo naciera. La pintaron de blanco: el frente relucía con un blanco más blanco que el blanco. Mi padre usaba gran parte de sus vacaciones anuales para pintar el frente y darle retoques a la casa. Esa pequeña casa era su tesoro, su orgullo.

Mis padres tenían sus trabajos. Mi papá manejaba un tranvía, el 2212, que iba desde la calle Oro hasta el balneario municipal. Era muy conocido porque tenía buena voz y mientras manejaba cantaba temas de distintas zarzuelas. La leyenda dice que muchos pasajeros, especialmente los mayores, hacían todo el recorrido y vuelta para escucharlo. Mi madre trabajaba en una escuela primaria cercana a casa, como la señora de la leche era la que preparaba y servía los vasos de leche a los alumnos. Ella a su manera era una mujer sabia en las resoluciones diarias. Era conocida porque tenía el pelo rojizo y -según mi padre- las mejores tetas del mundo. Eso era lo que yo le oía decir cuando arrinconaba a mi madre en una esquina de la cocina, buscando besarla y acariciándola.

Mi madre cocinaba muy bien, especialmente platos que según ella cocinaba su bisabuela y que se las transmitido a sus hijas y nueras. Así, habían llegado a mi madre. A mi abuela la recuerdo bien: era pequeña de estatura, con una sonrisa amplia de pelo rojizo. Era un hada de bondad y cariño, especialmente con mi hermana menor, a la cual solía peinar y estirar el pelo graciosamente todas las noches. Cada noche le decía: ven niña, que te peino. Y a ello acompañaba una exquisita galletita que hacía con manteca y nueces, que se deshacía en la boca y pedía más. A ello le agregaba alguna historia que nunca si supe si ella las inventaba o las había escuchado de sus abuelos. A mí me fascinaba esa rutina, porque sus historias eran entretenidas y la galletita endulzaba mi sueño.

Mi madre me había enseñado a contestar a la maestra, cuando preguntaba nombre y apellido "¡me llamo Eliezer Lópes Fernándes, mis apellidos terminan en 's' y no en 'z', señorita!".

Mi madre usaba una pequeña cadena con una cruz colgando en el cuello. Pero además, llevaba también otra cadenita que terminaba en una pequeña estrella de David, que solo se podía ver cuando ella se cambiaba, porque comno diría mi papá – estaba escondida entre las tetas más lindas del mundo.

En casa de algunos amigos de mis padres, las madres prendían dos velas los viernes, cuando salía la primera estrella. Cuando mi hermano y yo preguntábamos por qué lo hacían, mi madre respondía: "porque todas las mujeres de mi familia lo han hecho generación tras generación" y agregaba dirigiéndose a mi hermana "tú lo harás también y se lo enseñarás a tus hijas por generaciones".

Una vez al año mis padres se juntaban en nuestra casa con otros vecinos y comían un pan seco que decían que sus ancestros cocinaban bajo el sol del desierto y que no tenía levadura; y cantaban cánticos en algo parecido al castellano pero que a nosotros los niños nos hacían reír, porque decían "fermosa" en vez de hermosa y "mancebo" a un joven. Eran canciones dulces y nostálgicas y las cantaban con emoción. Los niños también los fuimos aprendiendo y con los años también nos sentíamos nostálgicos.

Una tarde de marzo estábamos sentados alrededor de las mesas del comedor. Nuestros padres nos habían disfrazado. Dijeron que era la fiesta de Purim, mi hermana era la reina Esther y yo el rey Asuero. La mesa estaba llena de galletas triangulares que nos dijeron se llamaban "las orejas de Aman", por su forma. Unas tenían relleno de dátiles, otras de chocolate y frutas, y las de más allá de dulce de leche. Y en una esquina solitaria, las rellenas de queso.

Mis padres comenzaron a hablar como en un susurro que apenas podíamos oír. Entonces me sorprendió ver que mi madre, la pelirroja de las tetas más lindas del mundo, no llevaba colgada en el cuello la cruz de siempre: en su lugar resplandecía la usualmente escondida estrella de David. Ella nos lo explicó qué ocurría: "decidimos con vuestro padre volver a ser lo que fuimos, lo que nunca dejamos de ser. Nuestra sangre y nuestro espíritu nos dicen que volvamos completamente a nuestra fe".

Papá, con su maravillosa voz, comenzó a cantar enseguida esas hermosas canciones de nuestros ancestros.

LA *GENIZA* DE BEVIS MARKS

De día era ateo, de noche rezaba a Dios

La sinagoga de Bevis Marks está construida alrededor de un patio. Es invisible para la gente que pasa y esto se debe a que, hace cuatrocientos años, cuando se construyó, no se permitían sinagogas en los lugares públicos. Se estableció después de que Oliver Cromwell permitiera a los judíos regresar a Inglaterra. Procedían en particular de Holanda, donde muchos se habían asentado tras las expulsiones de España y Portugal en el año 1492.

Siete candelabros cuelgan en el centro de la sinagoga y todavía se utilizan para iluminarla con velas en los Días Santos. Los siete candelabros representan los siete días de la semana. Delante del arco hay otros seis candelabros de bronce, y cuatro más a un lado. Estos diez simbolizan los Diez Mandamientos; y las doce columnas que sostienen la galería simbolizan las doce tribus de Israel. En el centro está el atril. Desde allí se leen pasajes de las Sagradas Escrituras. En el techo de la sinagoga hay una viga de madera del buque real inglés, donado a la sinagoga por la reina Ana.

En una pared hay un panel de madera en el que están grabados los nombres de los guardianes del templo desde el principio de los tiempos. El joven siempre disfrutaba leyendo estos nombres y siempre le había impresionado que estuviera incluido el nombre del padre del famoso Primer Ministro de la Reina Victoria, Benjamín Disraeli.

Tiene ventanales altos y redondeados, que por encima de la galería de mujeres, permiten entrar la luz natural durante el día. La decoración interior sigue el modelo de la Gran Sinagoga de Ámsterdam.

La familia Benveniste vivía cerca de la estación de metro Aldgate. Eran de origen español, y dentro de la familia todavía hablaban ladino, el dialecto del español hablado por las comunidades judías en España antes de la expulsión. Con el tiempo ese dialecto había llegado a incluir palabras del árabe, turco, griego, francés e italiano. Sus padres y abuelos habían enseñado al joven a hablar con fluidez y a leer y escribir en ladino en la escritura tradicional Rashi, distinta del hebreo estándar; aunque en la lengua moderna a veces, en Turquía y en Israel, el ladino se escribe con el alfabeto latino.

Los servicios religiosos le aburrían. Sin embargo, su padre deseaba que él asistiera a ellos, y por eso lo hacía, aunque le costaba entablar amistad con otros jóvenes. Generalmente era tímido y estudioso, de hecho, un estudiante sobresaliente. Era escéptico acerca de la religión, pero su amor y respeto por su familia le permitían sobrellevar los Sabbath y los Días Santos.

Un Sabbath, el joven acompañó a su padre a la sinagoga con un propósito en su mente. Estaba empeñado en descubrir de una vez por todas qué había detrás de cierta puerta que nunca había visto abierta. Había sentido curiosidad durante mucho tiempo y, en su mente, había imaginado todo tipo de posibilidades. En un momento le dio una excusa a su padre y se alejó. Rápidamente subió las escaleras y avanzó a lo largo del pasillo hasta la puerta. ¿Podría encontrar una manera de abrirla? Probó con el picaporte, que emitió un sonido extraño, como el sonido de algo que no había sido tocado en mucho tiempo, como en todas las películas de misterio.

Finalmente logró abrir la puerta y entró en una oscuridad total, tan profunda que no sentía sólo como una cuestión de su visión y de sus ojos, sino de su ser total, de su alma misma. Lo acometió un sentimiento irracional de vacío, desde la cabeza hasta los pies, como si hubiera caído en un profundo agujero negro.

Temblando, buscó en su cinturón la linterna que había traído con él. La encendió y pareció recomponer no sólo su visión sino también su sentido del olfato. Sintió la presencia de algo rancio y húmedo en aquel lugar.

Entonces descubrió que había libros por todas partes, en los estantes, en el suelo, apilados hasta el techo en todas las esquinas. Se agachó y cogió un libro. Intentó leerlo pero estaba en un idioma que no conocía. Lo dejó y recogió otro. Este estaba en hebreo. Lo dejó con cuidado. Un tercer libro trajo una sonrisa a su rostro: estaba en español antiguo, escrito con caracteres hebreos. Era el ladino, el idioma hablado por la comunidad judía en España hacía quinientos años, antes de las expulsiones posteriores a 1492.

El joven dirigió su atención a la habitación en la que se encontraba. Sentía una corriente de aire fría viniendo de alguna parte. Se sintió un poco más confiado y avanzó lentamente, con cuidado de no pisar los libros. Se detuvo en una esquina. Un ratón pasó corriendo, más asustado que él. Sintió la brisa con más fuerza. Entonces, de repente, la puerta por la que había entrado se cerró de golpe. Corrió hacia ella tropezando con libros a medida que avanzaba. El presentimiento de haber quedado atrapado lo conmovió. Probó abrir la puerta pero no pudo moverla. No debía entrar en pánico. Exploró más a fondo, buscando otra salida y encontró un pasaje que debía conducir a algún lugar, aunque no podía imaginar dónde.

Su antorcha se estaba apagando y ahora sólo daba una luz moribunda. La oscuridad lo invadía todo otra vez. Caminó un poco más, pero su terror fue mayor que su coraje; y volvió sobre sus pasos regresando a la puerta por donde había entrado, buscando encontrar una manera de abrirla. Una sombra pareció sobrevolarlo y un frío irracional se apoderó de él. Tenía que salir de allí costase lo que costara. Estaba arrepentido de haber entrado en la habitación, pero se dijo a sí mismo que seguramente, de la misma manera que había entrado, podría salir.

Intentó forzar la puerta y se dijo a sí mismo que debía mantener la calma. Pensó en volver a abrir la puerta como lo había hecho antes. Después de unos momentos de incertidumbre vio una barra de metal en el piso y se le ocurrió que tal vez alguien más la había usado para abrir esta puerta miserable. Intentó girar la manija y luego intentó forzarla con la barra de metal. Súbitamente y sin esperarlo, la puerta se abrió de golpe.

El joven regresó a las oraciones, asustado pero aliviado. Su padre lo miró y no dijo nada.

Poco tiempo después del susto de aquella primera visita, decidió investigar de nuevo el misterio de la habitación cerrada. Habló con diferentes personas, haciendo preguntas indirectas. Pero nadie parecía entender sus preguntas. Entonces decidió visitar a un famoso Rabino que dirigía una pequeña congregación en las afueras de Londres. Durante el viaje, se sentía alterado por los nervios acerca de qué preguntas formularía al Rabino, y al mismo tiempo adelantando el pánico por las respuestas. Tenía que encontrar alguna manera de interrogar al Rabino, quien era considerado una especie de sabio, para descubrir qué significaba aquella habitación oculta, sin que el Rabino supiera en qué sinagoga se encontraba y sin que sospechara que él había tratado de entrar en la habitación.

Era una mañana húmeda en Londres. La gente transpiraba en el metro sin un soplo de aire fresco. Él, mientras tanto, trataba de idear un plan para descubrir, a través del gran conocimiento del Rabino, cuál era la naturaleza de esa habitación en Bevis Marks, la sinagoga más antigua de Londres. Según sus fuentes de información, se trataba de un rabino liberal, valiente y muy conocedor, lo que en hebreo se conoce como "Jajam", u hombre sabio.

Después de un viaje en dos trenes y un autobús llegó a la sinagoga del Rabino. No estaba seguro de si era mejor hablar con él antes o después de la *shiur* (lección). Al final decidió hablarle después de la clase. Se acercó tímidamente y le preguntó si podía dedicar algo de tiempo, allí mismo, para discutir algo personal. El Rabino respondió con una sonrisa de bienvenida y sugirió que charlaran en su oficina, donde estarían tranquilos y podrían tener café y pastel. Abrió la puerta e invitó a pasar al joven. Tenía una manera aristocrática y afable de tratar a la gente. "Siéntate" dijo el Rabino. Él así lo hizo. Aceptó una taza de café que sorbió con satisfacción, y trató de reunir el coraje para comenzar.

"Necesito consultarle sobre algo que llevo varios días pensando —habló el joven —Usted no me conoce y preferiría que mi nombre no quede registrado en esta conversación, algo así como los católicos romanos en el confesionario. Sin embargo, mi asunto no es una confesión sino una búsqueda de una explicación. Mi padre pertenece a una sinagoga cuya identidad y ubicación no voy a revelar. Pero desearía que usted me ayude a comprender lo que he descubierto".

El Rabino quedó sorprendido y al mismo tiempo curioso ante las palabras de un joven tan educado y amable. El joven describió lo que había sucedido en la sinagoga, incluyendo haberse quedado encerrado dentro de la habitación y el terror que sintió de morir allí entre todos aquellos libros antiguos. El Rabino lo miró profundamente a los ojos mientras escuchaba la historia, y empezó a formarse una idea de aquello que el joven le preguntaba tan misteriosamente. Cuando terminó su historia, el joven le preguntó al Rabino si había encontrado su historia creíble.

"Oh, sí, muy claro e interesante", respondió el Rabino Jajam con una gran sonrisa. "Si no estoy equivocado, has descubierto una Geniza, un cementerio de libros. No sabía que hubiera una en Inglaterra".

E inmediatamente pasó a explicarle que la costumbre judía ordena no destruir textos que contienen la Palabra de Dios o que merecen respeto por las letras hebreas sagradas en que están escritos. Por lo tanto, esos textos deben ser almacenados en algún sitio destinado a ese efecto. Esa es la función de la Geniza, una palabra que proviene del verbo hebrero *Lignoz*, que significa archivar.

"Sé que en El Cairo existen tres sinagogas, una es la de Karaita, que acepta el Talmud de Babilonia, y las otras dos el Talmud de Jerusalem. En una de ellas, llamada Ben Ezra Synagoga, se encontró la famosa Geniza de El Cairo, donde en tiempos medievales se guardaban rollos y otros textos sagrados. A través de esos manuscritos fue posible relevar la vida social, comercial y personal de los judíos en la comunidad de Fustat, en el viejo Cairo de hace mil años. Esta Geniza fue descubierta en 1896 por Agnes Lewis y Margaret Gibson, quienes le transmitieron la información a un profesor de Cambridge, Solomon Schechter, que la trajo a su Universidad".

Era un sábado otoñal, cuando Londres es color cobre.
En la sinagoga los rezos estaban en su apogeo. El joven se deslizó silenciosamente, subió las escaleras y abrió una vez más la puerta de la habitación cerrada, que esta no vez hizo ruido. Todo era silencio. El viento lo condujo adentro, la puerta se cerró.
Pero en esta ocasión en lugar del viento gélido de la primera vez, al penetrar en la habitación se encontró de frente con una figura de la que emanaba una indudable aura de calidez y sabiduría.

Ese verdadero Santo, o al menos lo que el joven sentía en su interior que aquel hombre era, estaba ahí, parado, leyendo en voz alta como si entonara un cántico. Levantó la vista y lo miró. El joven no sintió miedo, tratando de entender su cántico.

"¿Quién eres?", atinó a preguntarle con media voz.

El hombre sonrió, su sonrisa voló por la habitación. Era una sonrisa agridulce, llena de misterio.

En un momento dado, el Santo le dijo que la vida eterna era dura de sobrellevar, por eso Dios está solo y no comparte con nadie su soledad. Su Creación escapó de sus designios y se convirtió en multitud. De la Nada creó a Él, pero antes de la Nada existió otra Nada, y antes de ella hubo algo que llamamos átomos, que se fueron juntando y crearon a Él, y luego por fracturación nació Ella. Y así se transformaron en multitud, terminó diciendo aquel Santo, sobre quien el joven creía entender que había caído la responsabilidad de repartir el amor en el mundo.

En la sinagoga, su padre se sorprendió de no verlo a su lado. Pensó que quizás había vuelto a la casa. Cuando llegó, su esposa algo sorprendida preguntó: ¿Dónde está nuestro hijo?

Desde aquel día, nadie supo nada más sobre aquel joven. Su familia, angustiada, trató de averiguar sobre él por todos los medios, y la noticia llegó pronto al Rabino Jajam. El Rabino recordó entonces que la descripción del joven desaparecido coincidía con la de quien lo había visitado semanas antes de esa descripción con tan extraña anécdota acerca de una Geniza.

Intrigado por la visita recibida, el Rabino Jajam trató de recordar los detalles de su encuentro con aquel joven enigmático, y después de hacer mil deducciones llegó a la conclusión de que la habitación de la que el joven había hablado debía estar en la sinagoga de Bevis Marks. Aprovechó una cercana festividad para visitarla. Después de recibir las atenciones y las bondades de la gente que reconoció su presencia, aprovechó un momento para escaparse y subió al primer piso, donde debía estar la puerta de la que había hablado el joven, y detrás de ella la Geniza.

Empujó la puerta con todas sus fuerzas, y se abrió con el sonido de algo que no hubiera sido abierto en muchos años. Sintió un viento ancestral, un olor rancio y a viejo. Pero frente a sus ojos no encontró ningún libro, solo un atril, donde una hoja de papel bailó frente a sus ojos.

"Estoy aquí", decía.

Pero la habitación estaba vacía, y el Rabino la recorrió intrigado, hasta que adherido al vidrio de una ventana, descubrió otra nota.

"Mis padres nunca aceptaron mi desaparición -decía- Solían decir que me sentían cerca y que a veces sentían mis besos. Era verdad. Los besaba, los bendecía y los amaba más que nunca. Pero un deber superior me encerró por la Eternidad en la Geniza".

Entonces el Rabino comprendió, unas lágrimas cayeron de sus ojos y sintió la presencia de aquel joven llenando la Geniza.

El joven desaparecido había sido ganado a los dados por el Santo, apostando contra Dios, y así Dios había tenido que dar vida eterna al joven, para que un Santo Joven reemplazara al Santo Viejo. El Santo Viejo se había sentado a un lado, rodeado de papeles, se durmió y penetró en la Nada, dejando su lugar al joven, que comprendió que era hora de tomar su papel como custodio de aquel sitio.

Un viento suave volvió a traer los libros y papeles ancestrales, y la Geniza engulló también al Rabino Jajam, quien entendió que su deber era ahora educar al Santo Joven.

Los dos vivieron desde entonces días eternos entre libros antiguos, papeles y debates.

Hasta que alguien los liberase de su Eternidad.

STAKAMONE

De día era sacerdote, de noche no creía en dios

Mi viejo era cana, pero de los que no van con uniforme. A veces desaparecía por días, a veces por más tiempo. Cuando le preguntaba a mi vieja, me contestaba malhumorada "está trabajando". Yo le replicaba "los padres de los otros chicos van a su casa todos los días después del trabajo", pero ella no respondía y la veía más enfurruñada, enojada y murmurando entre dientes. Entonces me soltaba "preguntále a él, y a vos qué carajo te importa", y yo agachaba la cabeza y salía a mi calle, la calle Fitz Roy. A buscar a mis amigos cuyos padres volvían siempre a la casa después del trabajo.

Nuestro barrio, o mejor dicho nuestro territorio, se extendía desde Carranza hasta a la estación Pacífico e involucraba la placita Falucho, con su negro glorioso y el cuartel del 1 y el 2 de Infantería. Allí vi pasar -en el 45- la marcha que fue a buscar a Perón cuando estaba encerrado en el Hospital Militar. Allí vi al entonces coronel Perón llegar al 1 de Infantería, siendo yo uno de los curiosos.

Los miércoles eran nuestros días de cine en el viejo Cine Argentino, que un día se incendió. Cuando se volvió a reabrir después de la reconstrucción, yo empecé a repartir volantes para ellos, a cambio de un mes de entradas gratis para las funciones de los miércoles. Amábamos las películas de *cawbois*. Nuestras madres nos daban unos sándwiches de pan francés, que devorábamos sin sacar la vista de la pantalla. Alguno nos había enseñado a decir en voz muy alta "¿Hay alguien que cante? Porque aquí hay alguien que está tocando", cuando algún mayor aprovechaba la oscuridad para toquetearnos. Así lográbamos que la persona se levantara con la cabeza gacha y abandonara la sala cinematográfica que quedaba en la avenida Santa Fe.

En esa calle podía ocurrir que Carlos saliera de un pasillo de improviso, con la cartuchera y el revólver sujeto a la cintura. Yo, sorprendido, como buen *cherif* sacaba mi revólver haciéndolo girar con un dedo como John Wayne en las películas y le decía al malo *¡stakamone!*[1]. Él levantaba las manos y yo sin aviso le disparaba. Cuando caía al suelo yo me acercaba y le decía "tenés lo que te merecés, cuatrero ladrón". Después Carlos se levantaba e íbamos a buscar al Gordo, que como siempre, decía que estaba cansado y estaba sentado en el umbral frío de su casa. El Gordo nos miró con una mirada sobradora, se paró con una agilidad asombrosa y sacando sus revólveres -tenía uno a cada lado- simultáneamente, con una agilidad impensada en él nos gritó *¡stakamone!* Sorprendidos levantamos los brazos y él traidoramente nos disparó. Creyéndonos muertos en el suelo, se acercó a nosotros y desde la altura nos dijo "tienen su merecido". Así pasábamos las tardes.

Una tarde de lluvia, aburrido en mi casa buscando algo para hacer -recién había terminado de leer el Misterix- oía a mi madre cantando un tango mientras cocinaba. Yo estaba tirado leyendo en la cama de mi viejo, que era enorme y cómoda, donde yo adoraba leer. Pronto, buscando qué hacer, se me ocurrió abrir el ropero de mi viejo. Comencé a mirar sus trajes, camisas, sin saber qué buscaba. Solo mi curiosidad me impulsaba. En eso, encontré una caja de zapatos que estaba vacía y al lado otra más grande y más fuerte. Cuando vi la primera me sorprendí, porque estaba llena. Miré dentro y vi que en lugar de zapatos había un montón de fotos de hombres y mujeres desnudos en posiciones raras y un montón de sobrecitos que decían "profilácticos". Cerré la caja realmente sorprendido, sin entender qué era lo que había visto. Un poco picado y con ganas de ver más abrí la otra caja, que era metálica. Allí había una pistola, como la de los detectives, no un revólver como el de John Wayne. La

---

[1] Forma fonética que los niños usaban, imitando la expresión de las películas en inglés: "stack them up"

levanté, pero no la saqué de la caja. Era pesada y a un costado había balas. Claro, pensé, mi papá es policía, seguro que mi papá era como un *cherif*. Imaginé cómo arrestaba a un malo, y entonces sí tomé la pistola, me miré en el espejo del ropero y le dije a mi propia imagen: ¡*stakamone*, asesino!.

Un ruido en la cocina me asustó, así que guardé rápidamente la pistola en la caja metálica y la puse bruscamente en el ropero. Al dejar la habitación ya había parado de llover.

Salí a la calle. Carlos y el Gordo ya estaban afuera.

Esa tarde salimos a jugar. Mi papá estaba en su trabajo y mi mamá había dicho que estaría toda la tarde en casa de mi abuela y que regresaría al atardecer.

Entonces se me ocurrió decirle a Carlos y al Gordo que vinieran a mi casa, que les quería mostrar a los dos algo. Hoy estaba dispuesto a dejarlos con la boca abierta y que vieran que yo también tenía algo interesante para mostrar, especialmente al Gordo que siempre se las daba de cancherito.

Aceptaron sin remilgos. Les ofrecí leche, que tomamos en tazones grandes y estaba fría y deliciosa; y comimos galletitas rellenas de dulce de membrillo. El Gordo me preguntó qué era lo que quería mostrarles. Entonces lo llevé a la pieza de mis viejos y saqué las dos cajas. Primero le mostré la caja de zapatos: la abrí y les mostré las fotos. El Gordo las miró y dijo con seguridad y conocimiento, como sobrándome "son fotos de gente cogiendo, ¿de dónde las habrá sacado tu viejo?". Después vio los sobrecitos y con ínfulas dijo "son condones". Carlos y yo nos miramos, pero no nos animamos a preguntar nada, por que hubiera sido rebajarnos ante los conocimientos del Gordo.

Entonces yo, sabiendo que ahora el momento de darles la sorpresa que había preparado, abrí la caja de metal y saqué la pistola. Con cara de valiente le apunté al Gordo y le dije "gordo boludo, *stakamone*". Él levantó las manos y yo disparé. El Gordo cayó cómicamente al suelo con los ojos sorprendidos.

Una mancha grande y roja empezó a cubrir su camiseta.

EL CACHO

De día manejaba un autobús, de noche un Rolls Royce

—¿Oíste? Se mató Cacho.

—¿Qué decís?

—Se mató el Cacho?

-¿Cómo? ¿Por qué?

—¿Te acordás que los padres lo obligaron a ir a la escuela de suboficiales del Ejército?

—Sí recuerdo… él no quería pero fue. ¿y qué pasó?

—No le gustaba, no le gustaba y se aguantaba. El último fin de semana tuvo franco, vino a su casa. El lunes tenía que presentarse al cuartel. Eran las 4:00 h de la mañana, en el silencio se escuchó un disparo. Corrieron a su cuarto, pero ya era tarde; se voló la cabeza.

—¿Por qué?

Empezaron las suposiciones.

Fue abusado por un suboficial.

—Era un buen pibe. La familia se había mudado al Palomar. Al velorio fuimos todos los amigos de su viejo barrio, muchachas y muchachos. Por primera vez vimos a un muerto, parecía dormido, tenía puesto el uniforme, el gorro cubría el pedazo de la cabeza que se había volado. Saludamos a la familia; no sabíamos qué decir, no sabíamos dar un pésame. Su madre nos abrazó a cada uno de nosotros con sus labios llenos de lágrimas. El hermano menor nos dio la mano con tristeza, nos la transmitió a través de ese acto.

"No sabíamos cuándo irnos. Había una mesa con café y galletitas, todos mirábamos cómo actuaban los mayores. Nos llevamos una galletita y la masticamos con la mezcla de dolor e incomprensión de lo que era la muerte. ¿Así era? Él no sabía que estábamos allí, ya no sabía nada, no tendría que presentarse al cuartel nunca más. Vimos que unas personas se acercaron al cajón y cubrieron el féretro. Hubo movimiento y alguien nos dijo que iríamos al cementerio. Lo pondrían a descansar. ¿Acaso estaba incómodo? me pregunté a mí mismo.

Después del entierro fuimos a la estación de tren, debíamos volver a casa. Nos sentamos en un largo banco de segunda clase, las pibas de un lado los muchachos de enfrente.

Miré a Laura. Tenía lágrimas silenciosas, una esbozada sonrisa. No sé que me pasó: ella tenía las piernas abiertas debajo de la pollera. Empujé mi rodilla entre sus piernas. Me miró y me dejó hacer. Una luz juguetona nos perseguía. No quería llegar nunca, me sentía tan bien entre sus piernas que ahora apretaban la mía. Sentía su calor.

Éramos jóvenes. Estábamos vivos.

DOÑA CATA

De día la trataba a las patadas, de noche hacían el amor

Mi abuelo era un funcionario de alto rango en los ferrocarriles, desde la época que lo fundaron los ingleses y posteriormente cuando fueron nacionalizados en la presidencia de Perón.

Su aspecto era imponente, era alto y de ojos negros con cejas profusas. Su mirada te traspasaba sin calidez. Sabía que la gente decía que su mirada no era bondadosa; solo yo veía en ella un dejo de cariño hacia mí, su único nieto.

Erguido, con espalda militar recta, su cara estaba prácticamente cubierta por unos bigotes descomunales que yo sabía eran su orgullo y mi admiración. Los cuidaba como mi madre a sus plantas, con cariño, tenía un neceser con todas las herramientas necesarias para mantener la pulcritud de ellos.

Era puntual en su trabajo. Era temido pero respetado por su rectitud. Cumplía con su trabajo como un presidiario cumple su condena. Sé que soñaba con su jubilación.

La habitación pequeña de la casa, vecina a la cocina y a la cual se llegaba a través de un pequeño patio, era su refugio. Desde niño yo admiraba su escritorio alemán de los 1920, su biblioteca con libros de nombres y autores extraños para mi edad y un estante lleno de un mismo libro. Se llamaba *Historiografía de los ferrocarriles argentinos desde la época de su creación hasta su nacionalización*. Estaba escrito por él; aquellos que él apreciaba recibían uno de los ejemplares con una enorme dedicatoria con su letra clara.

También había un pequeño baño, que necesitaba constantemente mi abuelo por una enfermedad que solo entendí cuando mayor: "el abuelo sufre de la próstata".

La habitación tenía además otra inquilina: doña Cata.

Doña Cata estaba en la casa desde que yo tuve uso de razón (que dicho más idiota, siempre pensé: desde que nací tuve uso de razón). Al anochecer abría un catre en donde dormía; aparte, un pequeño placard contenía sus pertenencias. Doña Cata era parte de la casa, como el comedor o el escritorio de mi abuelo. La trataban bien, con respeto, pero creo que sin cariño.

Había venido de su aldea gallega a Buenos Aires. Con su hijo solo hablaba en gallego. Él venía a recogerla los domingos muy temprano y la acompañaba a la iglesia más cercana, al mediodía la llevaba a un pequeño restaurante español atendido por sus dueños también de origen gallego y se entretenían hablando su idioma original, al atardecer la llevaba al cine y en días de verano a la costanera. Nunca supe si su hijo era casado, soltero o viudo. La rutina de los domingos duró toda la vida, hasta que doña Cata se fue a visitar a Dios una noche sin regreso.

Pero eso fue muchos años después que ocurriera la anécdota que quería contarles.

Me crie junto a mi madre, que era joven y divorciada. Yo no conocí a mi padre. Oí que era un diplomático de segunda clase, segundo secretario de Comercio o algo así, en distintos lugares del mundo donde lo destinaban. Según tengo entendido, yo tenía meses cuando se divorciaron. Fue en la época en que estuvo en Buenos Aires trabajando en el Ministerio de Relaciones Exteriores. Nunca nadie me explicó la razón del divorcio. Creí escuchar en conversaciones murmuradas que mi padre le metía los cuernos a mi madre con su secretaria, quien luego sería su segunda esposa. En fin, sé que mi padre le pasaba a mi madre un dinero mensual para mi mantenimiento.

Cuando empecé a entender la situación, mi padre estaba trabajando en la embajada aargentina en Nueva Delhi, en ese país tan lejano y exótico donde las vacas son sagradas y no comestibles como las nuestras en las pampas, donde la leyenda cuenta que eran tan abundantes que los gauchos cuatreros cortaban para su asado un pedazo de la vaca que pastoreaba tranquilamente y dejaban corromper el resto.

En una oportunidad me enviaron solo a la India, para conocer a mi padre, ese hombre desconocido por el cual no sentía nada ya que ni siquiera nunca había visto una foto suya o alguien que me hablara de él. Me esperó en el aeropuerto, era un hombre bien puesto que atraía las miradas escondidas de las mujeres, lo percibí frío, sin gestos de cariño, sin informalidad. Era estático y me dio la mano al conocernos como se da un desconocido recién presentado. Fuimos a su casa donde vivía con esa mujer desconocida y odiada por mi madre por haberle robado a su marido. Ella se llamaba Clara y era argentina, mi padre me la presentó igual que a los dos niños, un varón y una mujer, a quienes presentó como mis hermanos.

Todos fueron muy amables, pero igual que yo se sentían extraños por mi presencia. En la casa trabajaban varios sirvientes hindúes. Fueron dos meses que dejaron en mí recuerdos ni malos ni placenteros. La segunda y última vez que vi a mi padre y su otra familia fue en su velatorio, muy quieto en su féretro. "Tan joven, solo 40 años, un ataque al corazón". Nunca más pensé en él, solo me quedó su apellido.

Cuando llegaron mis años juveniles, mi madre decidió por consejo de mi abuelo comenzar una vida nueva. Ella solía entretenerse yendo a un grupo patriótico donde solían aprender a bailar zamba, mañanitas y otros bailes camperos y patrióticos. Allí conoció a un señor cinco años mayor que ella, viudo sin hijos, con un buen puesto burocrático y unas maneras refinadas y secas. Comenzaron bailando juntos y decidieron casarse después de unos meses de conocerse. Fue una breve ceremonia en el civil y la iglesia, a las que fui acompañado por mis abuelos y una señora mayor, viuda sin hijos, hermana de mi padrastro.

Los dos decidieron ir a vivir en casa de mis abuelos. Yo nunca tuve opinión en la vida de mi madre; aceptaba mansamente lo que ella decidía. A veces, cuando sentía la falta de un amor algo más humano, solía visitar a un amigo y compañero de banco de la escuela primaria y secundaria, que vivía muy cerca mi casa, donde sus padres alquilaban una pequeña casita. Allí se olía constantemente el aroma del guiso que cocinaba la madre de mi amigo y se percibía de inmediato la relación amorosa entre los cuatro miembros de la familia.

Yo fui pronto capturado por ese círculo de amor, aromas, discusiones y una limpia pobreza con una evidente alegría. Se comía sin ceremonias, se llenaban los platos y la madre ofrecía más. Me sentía cómodo allí y llamaba a su madre mamá, igual que como la llamaba el resto de la familia. Me llenaban de amistad, ternura y comida. Yo invitaba a mi amigo a mi casa con permiso de mi madre. Así, en la enorme mesa de comedor con enormes sillas de alto respaldo, callada se sentaba la familia: mis abuelos y mi madre, frente a ella su esposo Esteban Fontanarrosa Méndez, y yo frente a mi amigo, que al principio estaba muy incómodo y en cierta manera se sentía fuera de lugar. Doña Cata traía la comida en una enorme bandeja. Toda la loza era de porcelana. Mi abuela servía los platos que cada uno de nosotros le alcanzaba y los llenaba con un cucharón. Le explicaba a mi amigo el tipo de comida que usábamos, locro, puchero y otras variedades, Los padres de mi amigo eran polacos judíos y comían comida grasosa y generosa, especialmente con papas y carne, todo cocinado en una olla de barro puesta durante horas sobre una hornalla de carbón. El padre ni probaba las verduras locales que su esposa trataba de introducir, con la respuesta de que en su pueblo eso lo comían los chanchos.

Mi madre tenía cierta admiración y fascinación por las manos de mi amigo: tenía uñas más largas que lo común, dedos largos y manos finas pero hombrunas. Mi madre se lo hacía saber a mi amigo y a mí me producía rabia.

Los jueves, el living de mi casa se transformaba en el lugar donde se celebraban las peñas folklóricas, acompañadas por increíbles empanadas salteñas que las mujeres del grupo traían. Allí don Méndez bailaba sin descanso con mi madre, a la cual se le sonrojaban las mejillas. Todavía resuena en mis oídos "aquí viene la segunda". Yo invitaba a mi amigo y él miraba fascinado el espectáculo. Cuando nos cansábamos nos íbamos a las vías del tren en Cabildo, donde hacíamos caminatas entre los rieles del ferocarril. Después regresábamos. Entonces doña Cata nos metía en la cocina y nos servía las jugosas empanadas que había robado de la tertulia, mientras servía tragos y sacaba la vajilla sucia. El robo tenía perdón de Dios, porque ella las guardaba para nosotros y las mantenía calentitas. Las acompañaba con una sopa muy especial. Cuando le preguntábamos de qué era respondía: para hacerla tan rica le pongo un poco de esto, otro poco de aquello, la condimento con azafrán y una gota de aceite y una cucharita de sal. Quedarán para siempre en mi memoria los jueves de la peña patriótica, pero más todavía por las empanadas que nos guardaba doña Cata.

Con los años, mi familia se fue yendo de a poco a ese lugar desconocido del cual no se vuelve nunca más. Primero mi abuela, luego don Méndez, el abuelo, y al final mi madre. Yo heredé la casa y a doña Cata, incólume y fuerte como siempre. Su hijo seguía viniendo los domingos y yo seguía sin saber nada de él. No existieron más las peñas folclóricas, la situación en la Argentina seguía la misma económicamente, desvalorización del peso, corrupción, riquezas naturales desperdiciadas y robadas. Alguien me enseñó que había que ahorrar en "verdes", esa moneda que dominaba el mundo según leí en algún lado. Los bancos en mi país no eran confiables porque cada vez que el Gobierno de turno necesitaba dinero te sacaba los ahorros, especialmente en dólares, y te daba un bono que como decía mi vecino con ellos no te podías ni limpiar el culo porque eran duros.

Pero bueno, volvamos a lo que quería contarles. Todo empezó una noche en que doña Cata me sirvió la sopa verde que tanto me gustaba, llena de brócoli . Mientras la saboreaba, en mi mente se dibujaba el cochecito que quería comprar, que me ahorraría tiempo de viaje a mi trabajo, casi 1:20 h ida y vuelta. De pronto me asaltó la duda al pensar en cuántos "verdes" me costaría. Me levanté de golpe e impulsivamente fui al congelador de la heladera, que había convertido en el lugar idóneo para proteger el paquetito de billetes americanos que había ido logrando acumular con mis ahorros : el paquetito de verdes no estaba. Desesperado, angustiado, enloquecido, revolví el congelador: no estaban.

Mi primer pensamiento fue: doña Cata era una ladrona. ¿Pero después de toda una vida con nosotros me robaría mis ahorros? Aunque también pensé que ese paquetito de verdes le aseguraba una tranquila vejez, y eso era una tentación para cualquiera. Pero no podía ser: seguro fue su hijo, quizás él los descubrió. Los domingos solía sentarse con un café en la cocina mientras doña Cata se acicalaba para ir a la iglesia. Seguro en su ausencia revisó la heladera y el congelador y encontró mis ahorros. Pero me dije, es ridículo pensar así, una persona normal no guarda sus ahorros en un congelador, los tiene en el Banco. Era absurdo, seguro que ellos no habían sido.

Pero la realidad se imponía: mis ahorros ya no estaban. ¿Dónde estaba entonces ese paquetito de verdes? Mis manos perdieron el control. Yo que más de un pequeño whisky con hielo nunca solía tomar, me serví un whisky dry y me lo zampé de un trago. El calor de la bebida me reconfortó.

Entró en ese momento doña Cata y viéndome en un estado de agitación no habitual en mí, me preguntó:

—Niño (seguía llamándome así aunque yo ya era un cuarentón) ¿pasa algo?

—Doña Cata —le pregunté —¿vino alguien a la casa cuando yo estaba en mi trabajo?

—Sí niño, el hombre que lee los medidores de la luz, pero no pasó del pasillo, comenzó a toser mucho y lo llevé a la cocina para darle agua.

—¿Lo dejaste solo?

- No, niño. Tomó su vaso de agua me agradeció y lo acompañé a la puerta.

—¿Vino alguien más?

- Si, niño. El plomero que usted encargó para reemplazar la canilla de la cocina.

Puta madre, me dije, ese hijo de puta se llevó mis ahorros.

—¿Estuvo mucho tiempo? —pregunté.

—No recuerdo, yo salí de la cocina y me fui al cuarto de su finada madre donde suelo planchar.

Aquí estamos, pensé, el hijo de la gran puta me afanó. ¿Pero cómo sabía que yo escondía mis ahorros en el congelador? Tengo mis dudas.

—Doña Cata —dije pronto inconscientemente —¿usted con qué hizo la sopa?

Ella me respondió:

—Con los brócolis verdes de siempre.

—¿Y dónde los tenía?

—En la heladera, ¿dónde iban a estar?

—Usted por casualidad —le dije cuidando mis palabras —¿no vio un paquetito verde en el congelador? – Si, pensé que eran brócolis congelados.

Mi corazón se desparramó por el suelo, mis piernas temblaban, mis manos también. Me zampé otro dry whisky.

—¿Y qué hizo con él?

Mi perversa mente me anticipó la respuesta: me había comido mis ahorros.

—Bueno —dijo doña Cata —me distraje haciendo otras cosas mientras se descongelaban, y resulta que lo que yo creía que era brócoli, al deshacerse el hielo vi que eran unos papeles verdes y pensé que eran de su abuelo, porque nunca había visto antes ese tipo de papeles.

Me tomé otro whisky. Con voz temblorosa, ya en desesperación total, perdida mi mente, insistí:

—¿Y qué hizo con los papeles verdes?

Me miró y me dijo:

—Niño, venga conmigo.

La seguí. Me llevó a la habitación de mi madre. Sobre la colcha de la cama de mi difunta madre alineados estaban los dólares.

—Los puse a secar para plancharlos luego —aclaró doña Cata.

La miré y miré la cama.

Mis carcajadas se escucharon en todo el barrio.

PAPÁ

De día era policía, de noche era ladrón

1.

Cuando alguien va a morir me expreso, como siempre, no mal: pésimo. Es muy difícil seguir mis pensamientos con el dolor que me penetra en cada nervio.

Nunca entendí a esas personas que odian a sus padres o los hacen culpables de sus males. Algunos me responderán, como decían en aquella época cuando arrastraban a la gente a un coche Falcón: si los detienen por algo será. Como decía mi abuela, no hay peor ciego que el que no quiere ver.

Mi viejo, un día cualquiera, mientras hacía una de sus pausas del trabajo y mi madre le cebaba mate en el patio pequeño de la que era nuestra casa y negocio simultáneamente, mientras discutían de la humedad, las notas que traíamos de la escuela y el último cuento del "roman" del Di Presse de Bashevis Singer. Ellos nos hablaban en idish, y nosotros respondíamos en castellano. Cuando las conversaciones eran íntimas usaban el polaco, nosotros no lo entendíamos. En un momento dado mi padre, sentado en una pequeña sillita de paja, se tocó el pecho y cayó al suelo. Alcanzó a decir "no me siento bien". Mi madre, gritando, trajo agua de la canilla y le lavó la cara con ella. Mi padre volvió en sí y ella le insistió que se acostara, cosa que él hizo a regañadientes.

2.

Mi mamá le decía siempre a mi padre, cuando venían sus ex compañeros de la fábrica en la cual había trabajado, que eran una mala compañía. "No entiendo cómo podés estar con esos *goim* polacos". Y tomando mate, él le respondía "¿qué hay de malo? Me distraigo, y vos podés venir también". Ella se horrorizaba y respondía "¿con esa gente?".

Mi padre cuando tomaba dos cervezas se alegraba y reía insostenible, incontenidamente. Volvía a casa y mamá lo obligaba a meterse en la cama a dormir la mona. Yo a veces iba a verlo después de mis tareas, estaban sentados en la mesa que daba a la vitrina principal del café "El ensueño". La mesa estaba llena de botellas de cerveza, más una inmensa cantidad de cáscaras de maníes. Yo los oía hablar en esa lengua extraña llena de zetas a mis oídos, solían afirmar todo golpeando la palma de la mano en la mesa. Algunas palabras caían en mi mente sin saber qué significaban, pero dos de ellas sobresalían de las demás por el énfasis con que las decían: *jolera* y *kurwa*. Cuando las usé, queriendo demostrar mis conocimientos de polaco, mis padres, sin traducir su sentido, me pidieron que nunca más las repita.

3.

Esa era una época en la que se trataba al maestro con un respeto reverente.

El aprendiz de mi padre era un joven flaco y musculoso nacido en Lituania, llamado Limba. Era ciclista aficionado y vivía en Florida, un suburbio de Buenos Aires. Su entrenamiento era todas las mañanas venir desde allí a Villa Crespo donde estaba la fábrica en su bicicleta profesional. Era a la madrugada, porque empezaban a trabajar a las 6:00 h de la mañana. Su regreso era al comienzo del atardecer.

Limba, con su respeto habitual, llamaba mi padre "maestro". Una vez El Gráfico, la revista más popular de deportes, le dedicó una página con su foto. Recuerdo que decía que el Limba tenía el récord mundial de velocidad en una etapa. Yo arranqué la página, la pegué en un cartón duro y la colgué en nuestro pequeño patio, en un enorme clavo que sobresalía de una de las paredes. Orgulloso la mostraba a mis amigos y les contaba que él llamaba a mi padre "maestro".

Una vez, mi padre me llevó a los bosques de Palermo a saludarlo, porque corría las "24 horas de Buenos Aires" en pareja con un ciclista famoso de esa época llamado Guerrero. Salieron segundos, y me sentía orgulloso como si el ganador hubiese sido yo. Seguía su actuación en las revistas, mi orgullo era que me había dado la mano cuando mi padre me presentó. No venía al café porque no hablaba polaco y porque tenía que cuidarse y entrenarse.

4.

No era algo común en él, pero mi padre se durmió durante el día. Cuando volvimos a casa después de nuestros estudios, nuestra madre nos pidió silencio con su dedo tapando la boca y nos relató lo que le había pasado. "Ahora descansa". Al día siguiente mi madre le insistió de visitar al médico. Como realmente no se sentía bien, aceptó. El médico lo revisó y le dijo que lo enviaría al Hospital Israelita para hacer estudios.

Una mañana papá se fue al hospital y ese día no regresó. Mi madre regresó al anochecer del hospital y nos dijo que tenían que hacerle una biopsia. Al día siguiente nos hizo el desayuno y los sándwiches para llevarnos, y luego viajó al hospital. Esa noche regresó llorando. "No lo entiendo" nos dijo. "Siempre estuvo tan bien, tan fuerte, luchador. Ahora no es el mismo".

Al otro día un amigo de mi padre me acompañó al médico para escuchar el resultado de los análisis y la biopsia. Esa tarde mi mundo y el de nuestra pequeña familia cambió para siempre. Comenzaron los largos días. Mi padre agotado por el dolor y las horas embutido en la morfina para darle un artificial descanso. A veces, cuando estábamos solos, me contaba algo de su vida, su dolor por el divorcio de sus padres, el suicidio de su padre, el asesinato de su madre en los bosques de Madanek por los nazis, la lucha de ser inmigrante, la posibilidad de felicidad de su pequeña familia.

Todo desaparecía.

5.

Mi papá se hundía en un mundo de dolor y pesadillas. A veces solía despertar del sueño morfinoso e insultaba a Dios o al destino por esa muerte que se acercaba. La rabia de no poder hacer nada, que su lucha fuera inútil, la rabia de no poder soñar con una felicidad futura en medio de todas estas pesadillas.

Yo fui llamado a cumplir el servicio militar. Alguien consiguió por medio de acomodo que me destinaran a la Dirección General de Sanidad, porque yo ya estaba en la Universidad. Fueron tres meses de entrenamiento, de insultos recibidos por parte de los suboficiales y de vejaciones a las que nos sometían por ser un "ruso" que no quiere servir a la patria.

Por suerte, el que me consiguió el "acomodo" me ayudó a conseguir una licencia para poder estar en casa, para ayudar a mi madre y atender a mi padre. Apoyé a mi hermana para ir a la Universidad a los 15 años. Cada tanto dos jeeps del Ejército cargados con soldados y suboficiales venían a mi casa y me llevaban al cuartel. Luego de tenerme unas horas me permitían regresar a mi casa. Los días eran cada vez más negros. A veces nos quedábamos sin morfina y debía ir al médico a buscar la receta. Muchas veces la policía paraba el taxi en el que viajaba, me bajaban y me hacían levantar los brazos y apoyarme contra el coche, y me gritaban ¡adónde mierda vas! Yo contestaba "al médico a buscar una receta para mi padre". ¡Mostrá tus documentos! Cuando veían mi cédula militar me acariciaban la pelada y me decían "andá con Dios, conscripto".

Nuestra vida giraba alrededor de la cama de mi padre. Venían visitas y algunas nos hacían algo de comer. Mi madre solo se ocupaba de su esposo. Un nuevo médico le aplicó ACTH y mi padre comenzó a recuperarse. Las sonrisas florecían en nuestras caras, la esperanza era una nueva estación. Él se dejó afeitar, se lo veía enjuto y debilitado. Fueron días de alegría, pero de un día para otro volvieron los dolores terribles. Su desesperanza era nuevamente la nuestra.

6.

Un anochecer abrió los ojos y dijo "no me dejen morir". Los cerró, su cabeza cayó y nos abandonó para siempre. Nuestros gritos de desesperación llenaron el vecindario: ya no estaba más su alma, solo su cuerpo vacío.

7.

Lalo era un muchacho judío del barrio. Jugaba al básquet y llegó a ser suplente en el equipo de Primera División que pertenecía a nuestro barrio. Sus padres tenían un pequeño negocio de mercería, y allí solía ir mi madre en los atardeceres y charlaba con ellos en idish.

Una tarde el Lalo, fuerte, gordito y alto, se desmayó y murió a los 19 años de edad. Fue la primera vez que estuve en presencia de la muerte después de la de mi padre. Mi vida seguía un rumbo. Mi padre no era un recuerdo, su presencia era permanente para nosotros. Mi madre se pasaba las tardecitas en la mercería de los padres del Lalo y allí la encontrábamos cuando no estaba en casa. Era una relación enfermiza donde el dolor de ellos y el de mi madre ocupaba las conversaciones. Después del primer mes de su muerte, durante un año todos los domingos hacíamos el largo viaje al cementerio israelita de La Tablada. Allí limpiábamos su tumba y dejábamos como la costumbre indicaba una piedra cada uno como recuerdo de nuestro paso.

Las cosas se fueron calmando y con el tiempo fuimos esparciendo las visitas. Mi madre era muy querida en el barrio, tenía sus más cercanas amigas: una correntina vivaracha que la hacía reír aunque mi madre no quisiera, una porteña enorme gorda y con cara angelical que tenía su marido y un amante que la visitaba cuando su esposo estaba en el trabajo. Aparte, estaban los padres del Lalo.

Una tarde le dijo mi madre a Rude: "hoy te voy a contar la historia verdadera de mi esposo". Ella lo miró sorprendida y chupó la bombilla. "¿Qué verdad, doña?". "Mi esposo realmente nos abandonó. ¿Se acuerda Rude que él se reunía de vez en cuando en "El ensueño" con sus ex compañeros de la fábrica? Solía ir con ellos una polaca. Ella lo engatusó y se fugaron a Varsovia". "¿Acaso le dejó una nota?". "No, pero sé que un día se va a arrepentir y volverá a casa". Doña Rude la miró asombrada y no la contradijo. Al otro día siguió insistiendo con la otra vecina y los padres de Lalo. Todos se asombraron, pero no se atrevían a contradecirla. Nosotros le explicamos pacientemente que papá había muerto, pero ella empecinada seguía con su historia y no quiso ir nunca más al cementerio.

8.

Después de unos años, no sé cuántos, volviendo de mi trabajo yo llegaba normalmente a la estación de tren Pacífico. Cuando era un pibe compraba allí las revistas de historietas la noche anterior a su real día de venta. Mi padre me permitía caminar las pocas cuadras de nuestra casa a Pacífico. También religiosamente me asomaba al Kentucky para ver a Pontoni, el famoso jugador de San Lorenzo y de la selección en la caja: él era el dueño.

Yo venía cansado de la farmacia donde trabajaba, miraba sin mirar, ya no compraba las revistas de antaño, pensaba solo en el *yarkoie* que mi madre cocinaba toda la tarde con carne y papas cocinadas en jugo de tomate durante horas. Seguíamos viviendo en la casa-negocio, aunque el negocio fue transformado en una habitación para mí más un pequeño comedor.

9.

Abrí la puerta. Las ventanas del negocio las habíamos pintado de color durazno. Cuando entré oí la voz de mi madre. La semisombra no me permitía verla bien. Mis ojos se esforzaron.

En la mesa del comedor, estaba sentada ella hablando con mi padre.

10.

Me miró con una sonrisa y me dijo: "Recordás lo que yo te decía, que se arrepentiría de habernos abandonado y volvería". Se volvió a él y siguieron hablando los dos en idish.

63896/1

De día comía arroz, de noche verduras

A Tanja Kneppe, mi princesa

Hermenegildo González Gómez nació en Dallas, Texas. Su madre era española y su padre cubano. Heredó su nombre de un tatarabuelo de su madre. Como a él y a sus amigos no les gustaba el nombre, lo rebautizaron H. Era un cuarentón de costumbres estáticas, con un puesto bancario desde joven, y sin más deseos que cumplir con sus horarios (impuestos) y obligaciones (que él aceptaba plácidamente). Varias veces fue nombrado el mejor empleado de la sucursal, y una vez el mejor de la compañía.

Cuando el gerente general de la sucursal lo llamó a su oficina una tarde de septiembre, le ofreció nombrarlo gerente de su sección, ya que Mr. Preston, el actual, había llegado a la edad del retiro. Se sintió horrorizado y desorientado al pensar que alguien con autoridad era capaz de desestabilizar su rutina. Hizo un gran esfuerzo y, sacando del fondo de su estómago algo de voz, le dijo

—Deme unos días para pensarlo, por favor.

Pasó una semana, juntó coraje y fue a contestar. Lo habitual.

—Muchas gracias, pero prefiero seguir en mi puesto.

El gerente lo miró y movió la cabeza murmurando

—Qué lástima.

H la vio en el café donde solía desayunar diariamente. Por primera vez en su vida sintió algo que no sabría definir. Comenzó a desayunar, leyendo su diario, cada tanto, la miraba. Ella lo miró también; después de varias veces, él creyó ver insinuada una sonrisa para él.

Los días pasaban, se miraban sin atreverse ninguno a hacer el primer movimiento. La timidez y el desasosiego les impedían hacerlo. Después de unos días, él llegó un poco agitado. Ella estaba desayunando; él sin saber cómo, se acercó a la mesa y le preguntó:

—¿Alguien está sentado aquí? —señalando la silla vacía.

Ella respondió con un "no". Él volvió a preguntar

—¿Le molesta que me siente aquí?

—No. -respondió ella —En lo más mínimo.

El mozo le trajo su pedido habitual sin preguntar nada. Como si fuera lo más natural, comenzaron a hablar sobre el tiempo y las trivialidades que se usan en esos momentos. Al día siguiente volvieron a sentarse juntos y se sentían bien. En un momento dado se dieron cuenta que no se habían presentado. H percibió que ella tenía un dejo de acento extranjero, y su nombre era ruso: Tatiana. Él le dijo: yo tengo un nombre tan horrible que todos me llaman H. Él decidió invitarla al cine, y ella aceptó.

Comenzaron a verse los fines de semana. Los dos tenían gustos muy frugales e ideas parecidas. Habían leído los mismos libros de jóvenes. Él no era bueno para distinguir edades, pensó que Tatiana tendría más de treinta. H Su monótona vida después del trabajo se transformó en una aventura, los dos estaban muy cómodos uno con el otro. Cuando él le propuso casarse, en realidad no conocían nada uno del otro. Ella le dijo sí, le contó brevemente su vida: padre ingeniero, madre enfermera, todos nacidos en Rusia. Su padre enviado al Gulag por sus creencias y sus actividades políticas, su madre lo siguió y Tatiana fue enviada a vivir con sus abuelos. Sus abuelos hablaban muy esporádicamente de sus padres. Un día un tío que había emigrado a América mandó una visa para ella y así vino para Texas. Los tíos eran muy viejos, ella los visitaba cada seis meses. Comenzó a trabajar en una galería de arte, y amaba su trabajo.

Después de mucho cavilar y escuchar la breve historia de H, ella le dijo

—Tengo que decirte la verdad, yo nunca podré tener hijos, en un accidente juvenil una operación

mal hecha me dejó infértil. Él la miro intensamente.

—No te preocupes —le dijo —Nos podremos dedicar más uno a otro. Se casaron una tarde en el Registro Civil, y fueron a cenar a uno de los mejores restaurantes de la ciudad. Comenzaron una vida dulce, delicada y tranquila.

Pasaron los años, como en las historias de amor. Tatiana viajaba a ver a sus tíos. Como ella nunca le propuso a H que la acompañara, él aceptó la rutina de estar una semana sin ella cada seis meses. Amaba esa vida entre ellos, sin ataduras sociales de ningún tipo.

Un atardecer H vino del banco sintiéndose mal. Fue al hospital. El diagnóstico fue rápido y contundente: se moría. Se fue como vivió, no molestó a nadie. Especialmente a Tatiana, que era la luz de su vida. Ella sintió tristeza y soledad por primera vez en su vida. Este hombre, sin ambiciones personales, sólo deseaba hacerla feliz. Él la hizo sentir humana.

Tatiana Samoilova, cuyo nombre real era prototipo 63896/ 1. Su creador, apodado Adonai, era un enamorado del cine. Adoraba la película rusa "Pasaron las grullas", y se enamoró de la actriz principal, Tatiana. Adonai construyó el prototipo 63896/ 1 a la imagen y semejanza, como dice La Biblia, de ella. Deseó darle no sólo su aspecto físico, sino también el alma que suponía que ella debería tener. Adonai la recibió en su despacho. Tatiana vino imprevistamente rompiendo la rutina semestral, cuando venía a hacer su chequeo. La vio como si hubiera envejecido. No se la veía como la veía cada seis meses: joven, alegre y conforme con su vida.

Hablaron largamente. Adonai cuando la diseñó había intentado insuflar en ella no sólo una inteligencia creativa, sino pensamiento propio, y algo así como un alma (fuera lo que fuera). Trató de copiar un cerebro humano con los mejores neurólogos del país más la ayuda de psicólogos. Ella era el primer modelo de la nueva serie de robots.

Por medio del sistema de pensamiento artificial, Adonai junto con su equipo de científicos de distintas áreas; desde cibernética, sociólogos, psicólogos, pasando por otras disciplinas científicas, decidieron crearla. Nunca pensaron que tomaría veinte años desarrollarla. La parte estructural y mecánica no era complicada. La parte que tomó muchos años fue la piel. Cada avance en la construcción de la piel humana era sumamente difícil, hasta el descubrimiento de la célula inicial. Los humanos con múltiples y profundas quemaduras fueron los conejos de indias, hasta que consiguieron una piel elástica y similar a la humana, a partir de una célula insertada en un ratón que desarrollara los primeros milímetros de piel, y luego completado en el laboratorio el resto del crecimiento. Era imposible distinguir una de otra. Ambas eran perfectamente similares. El casi imposible trabajo era el crear una voz humana y no mecánica, lo que se logró, recién después de lograr una inteligencia creativa. Los lingüistas asociados a los cirujanos vocales, más los ingenieros y psicólogos, después de lograr la inteligencia creativa, pudieron resolver el problema.

¿Pero podían darle deseos y un alma (fuera ello que fuera)? Esa sería la misión de Tatiana, ayudada por los filósofos. Tatiana sentía la ausencia de H. Al igual que había desarrollado deseos por H, ahora sentía soledad y algo parecido a lo que llamamos dolor del alma. Por primera vez, algo parecido a lágrimas salieron de sus ojos. Deseaba, sí, deseaba ir con H. Pidió a Adonai la muerte rápida y sin dolor. Su sufrimiento se había convertido en sentimiento de todo el equipo. La soledad por la ausencia de

H, y el dolor que le producía, llegaba a todo el cuerpo de Tatiana.

Tatiana se acostó en la camilla, hicieron una incisión y desconectaron sus combinaciones interiores. Sintió que se desangraba por dentro. Su pensamiento estaba en H. Pronto se reuniría con él y empezaría el misterio final, o la aventura del alma. Se escuchó un hondo suspiro, nada existió más para el prototipo 63 896/ 1.

PARACUCHICUCHI

De día era soldado, de noche francotirador

En medio de la selva tropical vivía un señor muy pobre y muy bueno. Vivía en una pequeña casita que él mismo construyó. Era de barro, con techo de ramas y barro. A un lado de la casita se construyó un horno grande, también de barro, que era el material que más tenía. Solía cultivar verduras y frutas, que tenían un sabor fresco y exquisito. En el horno cocinaba lo que quería comer. Se construyó una ducha con latas que encontró en un pueblo cercano, y unas gomas traían el agua de las latas; el jabón lo hacía con la savia de unas plantas cercanas. De vez en cuando solía ir al pueblo y vendía fruta y aguacates que conseguía en la selva. Su vida era tranquila, le gustaba escuchar el canto de los grillos del anochecer y el de los pájaros durante el día.

Con el dinero que ganaba con la venta de frutos, compraba harina y hacía pan, que cuando se cocinaba si había viento llegaba a su aroma hasta el pueblo. Los animales se acercaban a su casa, especialmente los monitos jóvenes. El hombre, que se llamaba Paracuchicuchi, tenía un perro negro con una mancha blanca en su frente.

Un día Paracuchicuchi horneó el pan, que ponía en una mesa que se construyó con maderas de un árbol caído para que se enfriara. Ese día empieza mi historia. Cuando Paracuchicuchi terminó de hornear y puso el pan en la mesa, uno de los monitos más traviesos quiso agarrar un pan que olía delicioso. Cuando lo cogió estaba tan caliente que se quemó la mano. Lo soltó y salió corriendo con lágrimas en los ojos y con un enorme dolor en la quemadura. Quiso subirse a un árbol, pero la herida se lo impedía. Se sentó entonces cerca de la casa y lloró mucho. Paracuchicuchi se acercó a él, miró su mano y le dijo "tranquilízate". Buscó unas hierbas, estas tenían un jugo espeso. Se lo puso en la mano y se la vendó con una venda que hizo de su camisa. Le dijo que entrar en la casa y que durmiera un poco y le hizo un té de hierbas, que el monito tomó agradecido y reconfortado.

Cuando el monito despertó se sentía mucho mejor. Paracuchicuchi le volvió a curar la mano y le dio un té calentito de distintas hierbas. Le dijo al monito: "Te quedarás conmigo hasta que estés curado. Mientras tanto mira cómo hago el pan, cuando estés bien te enseñaré a hacerlo".

Pasaron unos días y las quemaduras se fueron curando. Cuando el monito no se quejó más, Paracuchicuchi empezó a enseñarle a preparar y amasar la masa hecha de harina agua y levadura. Hicieron varias bolas y las dejaron descansar en la mesa, para elevarse después de un tiempo. La pusieron en el horno. El pan se fue horneando. Cuando estuvo listo, Paracuchicuchi le dijo al monito: "Cuando veas el color como en que tiene ahora, tomas la pala y sacas el pan y lo pones en la mesa. Pero no lo toques o si no te pasará lo de antes, te quemarás las manos". El monito hizo un gesto que significaba que había entendido.

Así empezó el monito, a quien Paracuchicuchi bautizó Cachafaz. Aprendía muy rápido, gozaba del trabajo y cada día cocinaba mejor el pan. Una tarde pasó el dueño de la tienda de Ramos Generales del pueblo cercano, probó el pan y le ofreció a Paracuchicuchi comprarle la producción del día. El éxito fue instantáneo. Era como un encanto: el que lo probaba quedaba fascinado por la textura del pan, el gusto especial muy difícil de comparar, y lo pedía todos los días debido a la demanda cada vez mayor.

Paracuchicuchi habló con el monito Cachafaz y le dijo lo que pasaba. Cachafaz a su vez le explicaba a Paracuchicuchi con sus gestos que su idea era la siguiente: activar a varios monitos que solían jugar alrededor de la casa y proponerles que aprendieran a hornear, pero hacer otro horno más y otra mesa. Así lo hicieron. Llamaron al orangután para que los ayudara a traer la harina del pueblo. También llamaron al señor Caballo para que transportara la harina, que el orangután cargaba en un carrito que Paracuchicuchi había construido. Desde la mañana temprano todos se ponían a preparar la masa. Sentían una gran alegría y felicidad haciendo esto. Otro grupo de monitos empezó a cantar mientras los demás trabajaban. El ambiente se ponía más alegre y se trabajaba con felicidad. Paracuchicuchi construyó unos instrumentos con latas y alambres de distintos tipos: hizo violines, guitarras, flautas, un timbal y para un orangután hizo un contrabajo. Los días de fiesta la gente del pueblo venía a escucharlos y ver cómo hacían el pan.

Pronto Paracuchicuchi y Cachafaz decidieron abrir un café. Construyeron mesas y sillas, llamaron a más monitos para ayudar, y empezaron a agregar al pan distintas especias que encontraron en la selva para tener variedad e hicieron bebidas de distintas frutas salvajes. La noticia del suceso llegó a oídos de la gente de otros pueblos cercanos, que empezaron a visitarlos. El ambiente era alegre y los animales trabajaban sin parar. Decidieron llamar más monitos para ayudar. También llamaron a doña Vaca para usar su leche. Encontraron unas cabras que daban leche y Cachafaz, que era muy hábil, hizo de la leche de cabra quesos de diferentes gustos con el agregado de hierbas.

Todo crecía y crecía: comenzaron a construir casas de barro para los animales, pero en vez de usarlas todos juntos, se fueron dividiendo en distintas especies, aquí los monos, más allá los orangutanes, en otros las cabras, etcétera. Los artistas comenzaron a sentirse la élite y superiores al resto. Nacieron los compositores de música y letras de las canciones. Los monitos se organizaron en grupos llamados sindicatos. Paracuchicuchi se construyó una casa enorme y contrató dos leones como sus cuidadores, y muy pronto comenzó a dar órdenes en un tono amenazador. En las afueras construyeron una casa donde se encerraba a los animales que no hacían caso o no seguían las indicaciones de Paracuchicuchi.

La civilización había llegado al lugar.

EL SÍNDROME INUIT

De día era médico, de noche hechicero

Del diario de un condenado

Marzo 2020

Hoy acabo de cumplir 84 años. Me siento bien por los años que tengo, fue una larga vida.

Pero siempre queremos un poco más

Tengo dolores aquí y allí, pero en general tengo salud, soy independiente físicamente y financieramente. Las últimas órdenes del Gobierno son que no salgamos de nuestras casas. Nosotros hace 45 años que vivimos en este middle terrace house en los suburbios de Londres. Tenemos permitido caminar a unos cientos de metros y allí está la estación Preston Road de la Metropolitan Line.

Aquí en esta casa se criaron nuestros hijos, solían visitarnos con los nietos dos veces por año. Era una fiesta ver a los niños subir y bajar las escaleras, su risa y sus juegos llenan de alegría la casa. A la noche les suelo leer cuentos que escribo siendo ellos los protagonistas. Los varones adoran los cuentos de fútbol, donde ellos son los delanteros del equipo que gana la final de la Copa. Les relato el partido y cuando grito el gol final cierran los ojos y se duermen con una sonrisa. Las niñas son distintas: les gustan los cuentos de hadas y canciones del medioevo. También, por supuesto, en medio de mis cuentos les pongo una bruja en el medio para darle un poco de intriga a la acción, les describo los vestidos que siempre son de una princesa. También se duermen con una sonrisa tenue.

Parece mentira, pero todo esto es el pasado. Ellos viven en diferentes países y están encerrados en las casas como nosotros. La pandemia comenzó en China hace unos meses. El médico que la descubrió murió por ese virus. Los occidentales que vivían y trabajaban allí volvieron a sus respectivos países muchos de ellos ya infectados y trajeron el virus. Se comenzó a esparcir la infección rápidamente y el contagio se aceleró y se esparció a todo el globo. Los más vulnerables, mostraron las estadísticas, éramos los mayores. No viejos porque no somos trapos. Desgraciadamente la infección se esparció a toda la población. Los científicos de todo el mundo trabajaban buscando una vacuna. Empezaron usando drogas conocidas que eran utilizadas en distintas enfermedades. Algunas parecían tenían posibilidades de ser la vacuna que buscaban, pero nada era cierto.

Mientras tanto los hospitales de todo el mundo empezaron a no aceptar más enfermos, por falta de personal y suficientes camas. Los respiradores no eran suficientes para todos los infectados. La gente comenzó a morirse en pasillos, en la entrada de los edificios de departamentos. Una peste peor que el virus se avecinaba, no se podía recoger e incinerar tantos cadáveres.

Reyes, dictadores, primeros ministros, hablaban diariamente a las poblaciones. Todo era confuso. Se olía a mentiras detrás de las declaraciones. Trataban de convencer a los pueblos de que habría pronto un nuevo amanecer. Pensaron y declararon que la lucha debería ser en conjunto. El dicho del guerrillero Che Guevara esta vez tenía otro contexto: luchar hasta la victoria.

Los distintos gobiernos proponían diferentes soluciones, los nuevos héroes eran médicos, enfermeras, choferes de ambulancias, personal de limpieza en los hospitales.

Cada gobierno proponía distintas soluciones asesoradas por sus equipos científicos. La nueva idea era construir un centro mundial de investigación, la discusión era donde se construiría ese centro.

El presidente de una de las llamadas democracias expresó en un complicado mensaje que la conclusión de economistas, científicos y políticos era para tratar de salvar la mayor cantidad de vidas. Los mayores de 70 años que ya habían aportado a la sociedad y que ahora en cierta manera eran una carga, porque el virus atacaba a los mayores en proporción mayor del 50% de los internados, eran culpables de la sobrecarga hospitalaria, por lo que debería buscarse una solución donde esta parte de la población dejara lugar para atender a los más jóvenes, que eran el futuro de la humanidad.

Alguien habló de la filosofía "inuit". El término "esquimal" había sido evitado por su significado ofensivo: "comedores de carne cruda". Ahora se llamaban Inuit. En esa cultura, cuando llegaban a determinada edad, a los padres que no podían aportar más a la sociedad se les daba comida y se los llevaba y abandonaba en una inhóspita región para que no fueran una carga para los jóvenes. Eso era parte de esa cultura, era parte de sus costumbres y algo normal. Nosotros, mayores, cuando leíamos esto nos parecía salvajismo.

Con respecto de esa palabra todo parecía que la nueva concepción comenzaba a tomar vuelo. La gente que llamaba a las radios empezaba a apoyar la idea. Alguien tiró una hoja de papel junto con el correo en la casa. Después de revisar la correspondencia miré el papel y pensé que era una propaganda, pero cuando ya lo estaba por tirar lo leí con atención: en el encabezamiento estaba mi nombre. Me senté en mi sillón favorito y comencé a leer. El lenguaje era críptico y me dejó pensando, creía haber entendido que había una reunión en nuestra calle, en la casa de un vecino con el cual a veces nos saludamos. Al anochecer habría una reunión de vecinos.

Decidí ir. Cuando toqué el timbre un señor de tez india me abrió la puerta, me hizo pasar al living comedor. Varias personas ya estaban sentadas. Nos saludamos con una inclinación de la cabeza. El hombre que me abrió la puerta -deduje que era el dueño de casa- se quedó parado. Después de un momento, el vecino comenzó a hablar.

-Buenas noches, gracias por venir. Nosotros somos casi todos de la misma edad, todos vivimos en esta calle gran parte de nuestra vida, aunque tuvimos muy poco contacto. Estos son momentos excepcionales en nuestra existencia. Al igual que nuestro grupo, otros se están reuniendo en todos los barrios. Deseamos oponernos todos juntos al movimiento que se avecina, nos quieren matar por exposición al virus o dejarnos morir, o nos obligarán a cometer eutanasia. No podemos aceptarlo. Después de una vida de trabajo, educar a nuestros hijos a ser fieles ciudadanos, cuidar a nuestros nietos, el gobierno nos quiere hacer desaparecer, porque nunca los políticos se preocuparon de prevenir nada de lo que está ocurriendo. Como siempre, se elige un sector de la población que debe pagar las consecuencias de su decisión. Alguien dijo que los mayores de 65 somos 500 millones en el mundo y en 2045 seremos el doble, por lo tanto somos peores que la pandemia. Ahora tenemos información segura que somos nosotros, los mayores, quienes cumpliremos ese papel.

Se oyó un murmullo general. Alguien preguntó cómo lo harán.

—Con los métodos de siempre. Irán casa por casa donde saben que vivimos y nos llevarán a un internamiento.

—¿Se sabe dónde será?

El hombre respondió:

—Según nuestros informantes, nuestra casa será el estadio de Wembley.

Alguien exclamó:

—No lo puedo creer.

—Siempre pensamos lo mismo hasta que nos sucede -respondió el dueño de casa.

Otro vecino preguntó:

—¿Qué haremos en ese caso?

-Hay muchas soluciones, desde la lucha armada, o escondernos en lugares remotos hasta que termine la locura o nos muramos.

Yo hablé y dije:

—Realmente el escondernos no está en mi naturaleza. Mis antepasados lo hicieron hace 80 años y fueron asesinados, aquellos que lucharon más de lo que la gente piensa murieron, y otros se salvaron. Aunque soy un hombre pacifista me uno a la lucha armada, quiero morir de pie.

El hombre de tez india contestó:

—Llegado el momento le avisaremos.

Otro hombre dijo:

—Pero nuestros hijos nos ayudarán.

Alguien contestó:

—No tenga ilusiones, son ellos los que están organizando esto.

Un señor enjuto aseguró:

—No creo que mi hijo aceptara que nos maten a mí y a mi mujer.

Una voz dijo:

—Se han visto cosas peores.

Había nerviosismo. En el grupo comenzaron a hablar entre ellos.

—Yo tengo habilidad para crear un refugio en mi casa.

Su interlocutor le dijo:

—¿Y quién le proveerá la comida, qué pasará cuando vean que en una casa vacía se consume agua, electricidad y gas? Sabrán que hay gente viviendo, buscarán y los encontrarán.

—No puedo aceptar algo así —dijo un señor alto de anteojos —Prefiero ir a la lucha armada.

Nuestro anfitrión dijo:

—Señores, les daremos nuevas noticias. Deben salir espaciados de a uno y no comentar esto con nadie, ni con su familia, y cumplir el toque de queda para no despertar sospechas.

Se escucharon ruidos. Estábamos en la habitación de nuestra hija. Antes que se fuera a vivir a la Universidad de Manchester utilizábamos esa habitación como oficina, solo agregamos un computador y usábamos el mismo escritorio que nuestra hija usó para estudiar sus A- levels. Dejamos su cama intacta y su placard y biblioteca para cuando ella solía visitarnos. Luego cuando venía para las fiestas con su marido y los hijos.

Nosotros usamos la computadora para comunicarnos con los amigos y familiares, en ese momento estábamos hablando con amigos, intercambiando noticias, cuando oímos el timbre. Nos asomamos por el ventanal para ver quién era. Nos sorprendimos: eran soldados.

Quedamos perplejos y realmente no sabíamos qué actitud tomar. Decidí asomarme. Un soldado me vio y me dijo:

—Abre la puerta.

—Por favor —contesté muy temeroso y aprensivo —¿qué desean?

—Abra y hablaremos. Abra, si no forzaremos la puerta.

—OK —le dije.

Bajé a abrirles.

—Tú quédate aquí —dije a mi mujer.

Ella susurró:

—No bajes, olfateo algo malo.

—Cállate mujer, no tengo otro remedio.

Bajé con temor y comencé a abrir las tres cerraduras de seguridad.

Me asomé al abrir la puerta: tres soldados me estaban esperando.

Vi un camión del Ejército a pocos metros. También vi que mis vecinos de ambos lados salían custodiados por soldados, en compañía de sus mujeres, yendo al camión. Todos los soldados llevaban barbijos muy sofisticados de protección. Observé que tenían una pistola en la cintura y colgando de un brazo un fusil ametralladora, creo que era una Uzi pero mi conocimiento de armas provenía de leer novelas de espías.

Pregunté como un idiota:

—¿Qué puedo hacer por ustedes?

Vi una sonrisa en los tres soldados. Uno de los soldados me dijo:

—¿Está solo o con alguien?

—Con mi señora.

—Por favor ¿la puede llamar? Que traiga un abrigo para ella y usted.

Le grité lo que el soldado quería. Bajó mi señora.

Le pregunté al soldado que me hablaba qué estaba sucediendo

El soldado en tono normal replicó:

—Nos tienen que acompañar.

—Pero ¿adónde? — repliqué.

—A nuestro cuartel.

—Pero ¿por qué?

—Cumplimos órdenes.

—¿Es muy lejos?

—No, cerca: al estadio de Wembley.

Mi señora se asomó con mi abrigo. Uno de los soldados nos dijo:

—Cierren la puerta con llave y nos acompañan.

Nos hicieron subir al camión. Todos los que ya estaban eran gente de su calle, realmente nunca habíamos cruzado palabras con la mayoría de ellos todos estaban sombríos, nadie hablaba, una atmósfera de resignación y dolor los acompañaban. Alguien preguntó "¿saben por qué nos llevan y a dónde?" y otra voz respondió "imagino que porque somos mayores, y nos llevan al estadio de Wembley". Otro preguntó "pero para qué".

Los soldados que nos acompañaban nos trataron sombríamente pero con respeto. Uno de ellos dijo:

—Por favor no hablen. Llegará el momento en que podrán hablar todo lo que quieran.

El silencio cayó como una cortina de hierro.

El estadio de Wembley aparecía a la vista. Las luces de colores del arco iluminaban el estadio como en los mejores tiempos de actividades deportivas y musicales. Los bajaron cerca del estadio. Los esperaban enfermeras y médicos. Era algo que no esperábamos y el miedo se esparció como el virus. El techo del estadio estaba cerrado, en lo que había sido el césped y los pasillos se construyeron unidades sanitarias con camas. Nadie hablaba, nos mirábamos con desesperación.

Nos dijeron que podíamos elegir las camas que quisiéramos. Elegimos en el pasillo.

La gente estaba nerviosa, lloraba y gritaba. Las enfermeras se acercaban en parejas, les aplicaban inyecciones. Un soldado las acompañaba, porque algunos eran violentos. Otros estaban sumisos, otros preguntaban "qué harán con nosotros", algunos decían "lo que los nazis hicieron con nuestros antepasados lo quieren hacer con nosotros".

No acomodaron en parejas. La gente tenía miedo.

Al anochecer, a través de los parlantes se oyó al Primer Ministro dirigiendo un mensaje a la población:

"Buenas noches ciudadanos. El gabinete y los partidos opositores, en conjunto con otros países del mundo, hemos tomado la decisión de reubicar a la población de los mayores de 65 años. Lo hacemos con reluctancia porque ustedes son nuestros seres queridos, pero la situación es tan crítica que no tenemos más opción. En nombre de nuestros hijos, nietos y bisnietos, que son nuestro futuro, tomaremos todas las medidas necesarias para ello, por lo que pedimos vuestra colaboración".

Decisión en las Naciones Unidas:

"Respetando la sensibilidad Inuit, que significa "el pueblo" en su idioma, hemos reemplazado el término esquimal que en su lengua significa "comedor de carne cruda". Por lo tanto, decidimos en Congreso de todas las naciones que componen esta organización, llamar a esta Operación Inuit, porque nos han inspirado con su cultura milenaria el acto supremo de supervivencia. Amamos a nuestros seres queridos, y las generaciones sucesivas requieren, sin odios pero sí con compasión y agradecimiento, del supremo sacrificio de la generación mayor.

Con reluctancia las Naciones Unidas implementan la operación Inuit con delicadeza y dolor.

Que se cumpla y se archive por constancia oficial.

Naciones Unidas, New York 25 de diciembre de 2020"

EL ARQUERO FUE EJECUTADO AL AMANECER

De día era intelectual, de noche analfabeto

A Agustín Cuzzani, 1924-1987

1.

En un lugar del globo terráqueo existe un país llamado Austral. Es enorme y lleno de riquezas naturales de todo tipo.

La historia cuenta que Dios estaba aburrido, llamó a uno de sus principales ayudantes, el realmente creador de su mito.

—¡Sí, Dios! ¿Usted me mandó llamar?

—Sí, mi amigo y confidente.

—¿Qué desea de mí?

—Quería informarle que voy a crear un nuevo país llamado Austral. Le pondré ganado de cepa inglesa, trigo de origen ucraniano, petróleo como Saudi Arabia, líquidos para los tiempos modernos.

El ayudante lo miró sorprendido y dijo:

—Dios ¿no crees que es mucho para un solo país?

Y el Creador le respondió con una dulce sonrisa:

—No te preocupes, le pondré australes para que lo habiten: ellos se encargarán de arruinarlo todo.

2.

Este país tenía pasión por muchas cosas, pero nada superaba la pasión importada por los ingleses que hicieron los ferrocarriles australes: el fútbol.

En los tiempos de mi relato, el poder estaba en manos de una Junta de las Fuerzas Armadas, que tomó el poder bombardeando la Casa de Gobierno y matando solo al Presidente y a los empleados.

Los grupos políticos se transformaron en fuerzas rebeldes.

En las diferentes actitudes del Gobierno, mucha gente que no tenía actividad política o insurreccional, pero conocía gente que sí lo estaba: de la noche a la mañana desaparecían todos y nadie sabía qué les había pasado. En esas circunstancias, por razones que pocos comprenden, le fue adjudicada a Austral la sede del Mundial de Fútbol. Esto traería felicidad al pueblo austral. Cuenta la historia lo que pasó en esa época. Como historiador trataré de rescatar lo mejor que pueda lo que sucedió en ese mes que debería traer felicidad a un pueblo muy orgulloso y culto.

3.

Aquí hay una grabación de esa época:

LOCUTOR: Desde Puerto, la capital de la República de Austral, donde se va a jugar un nuevo Campeonato del Mundo de fútbol. La fiesta se ha apoderado de este hermoso país, que por un mes dejará de lado las diferencias que los separan, para hacer una única nación detrás de su selección. Seremos campeones y seremos felices, todo será una fiesta. Ya todas las delegaciones están en el país.

4.

Los torturadores trajeron aparatos de televisión para ellos y permitieron ver los partidos a los torturados. En algunos casos estaban tan ocupados torturando que miraban los partidos de ojito. Los gritos de los hinchas tapaban los de los torturados.

Estaban muy cerca del estadio.

5.

Corte de Justicia.

El juez dice que pase el primer testigo de la acusación.

El señor back derecho jura con su mano sobre un libro negro y dice las palabras "en nombre del Estado y mi lealtad a nuestro Libertador el benemérito jefe del Gobierno, juro decir la verdad y solo la verdad".

Se sienta. El acusador lo interroga:

—Señor back derecho, usted luchó todo el partido final cuidando el arco y al arquero traidor de la Selección Austral ¿verdad?

El back derecho contesta:

—Así es, señor acusador. Luché con todas mis fuerzas y mi alma para salir campeones. Inclusive hice uno de los goles en los penales de la final. Pero los países que nos odian por nuestra capacidad y envidian nuestras libertades, compraron a este arquero con barras de oro, más las promesas de ir a jugar en su más famoso equipo con sueldo inconcebible, una casa con piscina y sirvientes.

El acusador, después de escucharlo y caminando con desidia se acerca al back derecho y le dice:

—¿Cómo puede usted saber esto? ¿Él se lo dijo?

El back derecho responde:

—Por dos cosas. Una, lo oí hablando en el teléfono del pasillo del vestuario.

—¿Qué escuchó? —dice el acusador.

Responde el back derecho:

—Le oí decir que tenía comprados los billetes para él y su familia para viajar al país que lo coimeara, por otra parte siempre se quejaba de nuestro gobierno y finalmente me dio a entender después del partido lo que había hecho.

El acusador dijo:

—También usted declaró que durante el partido se lo veía desganado y descuidado en el arco.

A eso el back derecho respondió;

—Si, es cierto. Yo tenía que despertarlo de su apatía y al back izquierdo le ocurrió lo mismo con él y me ayudaba a defender el arco con todas nuestras fuerzas.

El acusador insistió diciendo:

—Acaso el arquero era malo. Pero si es cierto, ¿por qué lo eligió el seleccionador?

Respondió el back derecho:

—No, señor acusador, y ahí es donde nacen las primeras sospechas que derivaron en la certidumbre de una traición. Él siempre fue excepcional, elástico, un señor del arco, con esa vestimenta negra que lo hacía parecer una araña que se comería a los delanteros contrarios. Toda la vida atajó pelotas inverosímiles.

El acusador volvió a insistir y preguntar:

—¿Qué piensa que lo llevó a cambiar y destrozar el sueño de una nación?

El back derecho respondió:

—No me cabe ninguna duda que quería hacer culpable al Gobierno, y posiblemente la enorme cantidad de dinero que el país que ganó le depositó en su cuenta suiza, más asilo político en ese país.

—Así es, encontramos los tickets de avión hacia ese país y estamos en contacto con el gobierno suizo para confirmar su cuenta. Es un traidor y nunca supo apreciar nuestra Patria y lo que este Gobierno le dio. Gracias back derecho, puede retirarse.

Al salir el back derecho escupe en el suelo al pasar frente al arquero.

El próximo testigo es el arquero. El acusador le dice:

—¿Tiene usted, señor arquero, alguna cosa que decir?

El arquero responde:

—No soy un traidor, simplemente un arquero que interpretó incorrectamente la intención y el tiro del delantero contrario. Jamás me hubiera vendido, no está en mi naturaleza.

Decreto del Juez: el arquero será ejecutado por traidor debido a las pruebas aportadas.

6.

Llevan al arquero entre guardias al cadalso. La horca está preparada. Todos con caras serias caminan con paso cansino. El hombre de la religión oficial del Estado lee de un libro de tapas negras. Distintas personas rodean la horca. Se necesitan testigos para que se cumplan las leyes de un país civilizado.

Hacen subir al arquero al cadalso. El verdugo le pone la soga en el cuello. El condenado viste la ropa de arquero. El representante de la religión pregunta al arquero:

—¿Te arrepientes de tu traición? Pronto estarás en presencia de Dios.

—No tengo de qué arrepentirme. No soy un traidor, soy un pretexto.

—No hijo, no pienses así. Dios te espera, sabe que has pecado.

—¿Yo?

—Sí hijo, lo comprobó la Justicia. Pero Él perdona todo.

—Qué buen hombre es ese Dios suyo. ¿Por qué está tan seguro que me perdonara?

—Porque Él perdona a todos.

—Entonces el infierno no existe. ¿Dónde piensa que vamos nosotros los pecadores?

—No sé responderte, solo que estarás con Él.

—¡Qué bueno, linda broma! —comienza a reír, mira todos. Ríe cada vez más fuerte.

—Hijo, hijo, ¿qué haces?

El arquero ríe histéricamente:

—Señor, esto es una broma. Yo no me dejé hacer el gol ni soy un traidor a la patria, soy un simple arquero que muchas veces en su carrera pudo parar penales y otras veces no.

—Te entiendo hijo, pero la ley dice que…

—¡Por favor! ¿Qué ley puede existir para recibir la pena de muerte por un gol?

—Pero debido a ese gol perdimos el Mundial, y ahora hay millones de personas tristes, amargadas, sin hablar de los que se suicidaron debido a que vos te tiraste al lado contrario de donde el enemigo pateó.

—Usted está con ellos.

—Jamás, yo soy neutral. Mi misión es ayudar a todos y transmitir el mensaje de nuestro Creador.

El arquero comienza a reír cada vez más. Alguien empieza a reír, también le siguen los demás. En un momento todos ríen desaforadamente. El verdugo aprieta la soga riendo también. Mueve la palanca, se abre la trampa

El arquero cae en el vacío.

Las risas llenan el lugar.

De *Las memorias de Dios, edición manuscrita.*

El arquero está en el Cielo, parte del paraíso. Dios lo recibe, le dice "¿tú eres el famoso arquero que hizo perder el Mundial a su país?". "Soy yo, no creí que existieras". "Ese descreimiento te hizo no solo no creer en mí sino en tu propia capacidad. Si hubieras creído hubieras atajado el penal". "Usted me ataca también, creí que aquí habría comprensión y tranquilidad". "¿Pero tú sabes el sufrimiento que provocaste al tirarte al lado equivocado?" "Me tiré donde pensé que el hijo de puta patearía". "Contiene tu lengua, aquí nos respetamos unos con otros". "¿Puedo preguntar dónde estoy?! ¿Acaso no sabes?" "Me imagino que en el Infierno, y tú eres el diablo". "No, el infierno no existe. Todas las criaturas vienen a mí". "¿Cómo tienes tiempo para tanta gente?" "¿Ahora te das cuenta por qué pasan tantas cosas en la tierra? Yo estoy sobrecargado de trabajo, no tengo tiempo para corregir cosas abajo". "Pero para eso tienes delegados: sacerdotes, rabinos, mulás, budistas". "Es cierto, pero también ellos solo son humanos, por lo que en realidad solo difunden la palabra de Dios en vez de enseñarles la paz en sus corazones". "¿Por qué no los corriges?". "Porque no puedo". "¿Pero no eres Todopoderoso?". "Yo también lo creía. Perdóname ahora, pero hay una reunión muy importante en la Tierra. Todos los Jefes de Estado se reúnen, hablan el mismo tiempo en su lengua, no hay traductores, las conversaciones son tan secretas que no quieren ver traductores".

Se emite el comunicado: "Las conversaciones han sido fructíferas, hemos avanzado a un entendimiento, por lo que vemos la luz al final del túnel".

"Entiende, mi querido arquero, que hay cosas más importantes que tus atajadas".

AUSENCIA

De día era fotógrafo, de noche director de cine

Hacía mucho tiempo que no compartía su cama, sus sábanas, sus almohadas con alguien. Su cama se sentía fría por la ausencia del calor de otro cuerpo. Faltaban las caricias previas y el encuentro final de sus guerras con pasión o sin ella, pero que siempre lo devolvían a la vida.

Se sentía tan bien al acariciar ese cuerpo de piel morena y vello imperceptible. Para él, el cuerpo de ella era la perfección humana. Ella había sido la persona más importante de su vida durante muchos años; y hoy extrañaba su cuerpo, sus esporádicas caricias, su boca frutal que lo buscaba a través de un juego erótico repetido y nuevo cada vez.

Eran momentos que se renovaban cada vez que compartían esa cama que los esperaba, que aceptaba su cuerpo y se amoldaba a ellos. El juego era interminable: aunque era un juego repetido y de gestos similares eran distintos cada vez y siempre parecían nuevos y siempre eran hermosas aventuras a compartir. A veces, muchas veces, eran rutinarias, pero siempre eran aventuras eróticas, la búsqueda del placer corporal y mental. Nunca sus encuentros habían sido aburridos. La cama, las sábanas, el iberbet eran los custodios y guardianes de sus aventuras sexuales.

La incomprensión de la vida diaria los fue alejando imperceptiblemente y en realidad nunca entendieron qué los había alejado uno del otro; se fueron alejando sin percibirlo, sin sospechar que vendría un alejamiento y un olvido. Al fin, llegó el día en que no fue él sino ella la que tuvo el valor y coraje de abandonarlo. Se fue con una pequeñísima maleta, unas lágrimas y un beso cálido, sin rencor. Dejó atrás sus libros, sus pertenencias que nunca reclamaría, todo pertenecía al pasado.

Él, como en todos los actos de su vida, lo aceptó sin quejas, sin rencor. Todavía sentía el beso dulce de su despedida. Aceptó, se acostumbró a su ausencia y no tocó nada de lo de ella, no lo cambió de lugar, lo dejó estar como si ella fuera a regresar al anochecer. No le pertenecían sus cosas y eran sacrosantas para él aunque ella no volviera más.

Su despertar no volvió a ser como antes, con luminosidad y ganas de vivir la vida. Ahora era el despertar de una soledad que compartía consigo mismo, un desayuno sin conversaciones, almuerzos disparados y sándwiches a doquier, películas que veía solo y libros que leía. Sus comentarios eran para consigo mismo, la vida compartida se había terminado, la vida solitaria nuevamente era una rutina, pero ahora de uno.

Su trabajo era una obligación de vida, su relación con los compañeros era de unas horas y sin intimidad, a la salida volvía a la soledad del departamento, donde ella ya no estaba.

Durante mucho tiempo no pudo buscar compañía, le era casi imposible empezar un nuevo juego de interrelación. Solo alguna aventura esporádica de una noche en algún hotel por horas.

Hasta que fue paulatina y desapasionadamente olvidando sus conversaciones, sus caricias y sus secretos. De cualquier manera, le era difícil pensar en compartir la cama que escondía sus secretos, sus aventuras, con una nueva ocupante. De cualquier manera estaba seguro de que su cama no la aceptaría.

Un día, sin más, la casa volvió a llenarse de risas, de conversaciones, de aromas de comida. Alguien había penetrado en su baluarte sin que él se opusiera o aceptara su presencia. No era usurpadora ni ajena, era la mujer que compartía con él las horas sobrantes del trabajo rutinario y obligado.

Ella usó todo lo que existía de ella. Ella era Ella. Las caricias lo bañaron de nuevo, el cuerpo perfecto que le devolvía el juego de los mimos, sus besos, su penetración, sus aventuras repetitivas pero siempre nuevas.

La cama, las sábanas, las almohadas, el iberbet, la aceptaron sin prejuicios.

De día usted me leyó,
de noche trató de resolver el juego intelectual

AGRADECIMIENTOS

A Enrique Zattara. No hay palabras para agradecer los consejos y discusiones sobre mis escritos. Lo maravilloso es que coincidimos en muy pocas cosas, pero me abre nuevas concepciones. Gracias Don ENRIQUE.

A Alda Ford, Lala Isla, Sue Taylor. Carmen Oleary, Marcos Winograd, que siempre me han dado aliento, alimentan mi ego y a veces me convierten en un pavo real.

Finalmente, a Raquel Trujillo, que alimenta constantemente mi curiosidad de lectura.

ÍNDICE

Los tranvías tristes	9
El Conde	19
El cuaderno forrado con papel araña	27
La señora Patsy Ferrán	41
Pepe	55
Los vecinos de la calle Honduras	63
La *Geniza* de Bevis Marks	71
Stakamone	83
El Cacho	85
Doña Cata	89
Papá	103
63896/1	113
Paracuchicuchi	123
El síndrome Inuit	129
El arquero fue ejecutado al amanecer	133
Ausencia	153
Agradecimientos	159